mãos de Le Corbusier

André Wogenscky

mãos de Le Corbusier

TRADUÇÃO Vera Ribeiro

Martins Fontes

O original desta obra foi publicado em francês com o título
Les mains de Le Corbusier
Edição original © 1987, Daniel Gervis, Editions de Grenelle, Paris.
© 2006, Estate of André Wogenscky.
© 2007, Martins Editora Livraria Ltda., São Paulo, para a presente edição.

Tradução
Vera Ribeiro

Revisão
Thelma Babaoka
Simone Zaccarias

Produção Gráfica
Demétrio Zanin

**Dados Internacionais de Catalogação na Publicação (CIP)
(Câmara Brasileira do Livro, SP, Brasil)**

Wogenscky, André, 1916–2004
  Mãos de Le Corbusier / André Wogenscky ; tradução Vera Ribeiro.
– São Paulo : Martins, 2007. – (Coleção Prosa)

  Título original : Les mains de Le Corbusier
  Bibliografia
  ISBN 978-85-99102-60-2

  1. Arquitetos - Biografia 2. Le Corbusier, 1887–1965
  I. Título. II. Série

07-2989   CDD-720.92

Índice para catálogo sistemático:
1. Arquitetos : Biografia e obra   720.92

Todos os direitos desta edição para o Brasil reservados à
Martins Editora Livraria Ltda.
R. Prof. Laerte Ramos de Carvalho, 163
01325-030 São Paulo SP Brasil
Tel. (11) 3116.0000 Fax (11) 3115-1072
info@martinseditora.com.br
www.martinseditora.com.br

sumário

tamanho	9
mão	11
um andar	12
caráter	13
as mãos	14
tocar	15
segurar	16
corpos	17
esforço	19
amargo	20
meandros	23
mar	25
franqueza	26
construir-se	28
mão aberta	31
Picasso	33
cândido	34
solidão e silêncio	37
alegria	39
intuitivo e calmo	40
no trabalho	41
a mão desenha	45
envoltório	46
casa e sol	47
unidade	49
Ville Radieuse	50
o outro arquiteto	53
história	54
universal	57
funcionalismo	58
máquina	61
utopia	62
progresso	64
espaço	66
forma	69
bela	70
o vazio	71
a pele	72
um dom	75
Nungesser e Coli	76
a mãe	78
luz	79
modulor	80
música	85
poesia	88
devir	90
continuum	91
estado estético, estado poético	92
espaço indizível	93
ângulo reto	95
sobre o autor	99
referências bibliográficas	101
notas e citações	103
créditos das imagens	107

tamanho

No fim de 1936, um jovem estudante de arquitetura entrou no número 35 da rua de Sèvres, em Paris. Caminhou pela grande galeria do térreo. Subiu a escadinha obscura e vetusta. E, timidamente, parou diante da porta do ateliê de Le Corbusier.

Estava prestes a ir embora, sem se atrever a abrir aquela porta. Não sabia que toda a sua vida dependeria profundamente dessa decisão. Abriu a porta. Entrou.

Uma secretária austera aproximou-se. Ele perguntou se seria possível ser recebido por alguns instantes, um dia, por Le Corbusier. A mulher disse: é difícil, ele é muito ocupado, vou ver. Retirou-se. Não voltou. Veio o próprio arquiteto.

E então ele o viu.

Uma estranha lembrança ficou-lhe dessa primeira visão. O rapaz sentiu-se inteiramente perplexo com o fato de Le Corbusier não ser maior do que ele. Tinha lido *Por uma arquitetura*, e estava tão entusiasmado com suas idéias e seus projetos, e esperava um homem tão grande, que não teria ficado surpreso se Le Corbusier medisse cinco ou seis metros. E ali estava ele, muito simples e não muito mais alto que o pequeno estudante tímido.

Imediatamente, Le Corbusier o recebeu por uma hora e meia, fez-lhe perguntas, conversou com ele com calor humano e simplicidade, muito menos intimidante do que a secretária. E, naquela mesma noite, depois do jantar, o pequeno estudante começou a trabalhar no ateliê como desenhista. Não sabia que passaria vinte anos trabalhando com Le Corbusier e que o conheceria muito de perto durante trinta anos.

mão

Naquele mesmo dia, quando Le Corbusier lhe disse "bom dia" e estendeu a mão, o pequeno estudante tímido pôs a sua na do arquiteto: sua mão, inteiramente envolta por uma grande mão.

As mãos têm memória?

Ao escrever hoje este texto, ele ainda guarda na mão a lembrança daquela que a apertou.

um andar

Uma lembrança sonora: os passos sobre o lajedo, quando Le Corbusier percorria aquele longo corredor da rua de Sèvres, número 35, o mesmo corredor em que, na noite de 1º de setembro de 1965, seu corpo repousou por algumas horas sob o azul, vermelho e branco da bandeira, diante de uma de suas tapeçarias em preto, branco e vermelho. O corredor que, durante meio século, Le Corbusier palmilhou todos os dias, com seu andar calmo e regular, para trabalhar em arquitetura.

Aquele andar lento e regular era o próprio ritmo de seu caráter. O ritmo traçado no espaço pela estrutura de suas construções, rigorosas, lentas, regulares e exatas. O ritmo em cujo interior ele introduzia a poesia.

Um andar que parecia lento, embora avançasse depressa.

caráter

O ritmo de seu andar era a cadência de seu caráter, preciso e intransigente, mas contraditório. Talvez seja próprio dos homens de talento conciliar o inconciliável, tanto neles mesmos como em sua obra. O caráter de Le Corbusier era uma reunião de contrários. Ele era duro, às vezes até violento, com uma cólera íntima que tentava conter, mas era também afável e até meigo. Era afável porque era forte. Era orgulhoso, porém modesto, muitas vezes duvidando de si mesmo. Sucedia-lhe chamar seu colaborador estreito e lhe dizer: "Será que estou enganado? Os moradores da Unidade Habitacional de Marselha ficarão felizes? Será que você gostaria de viver na Ville Radieuse [Cidade Radiosa]?". E era a esse assistente, minúsculo ao lado dele, que competia levantar-lhe o moral.

Várias vezes ele disse que, de manhã, acordava na pele de um burro que o decepcionava, mas que, à noite, após o contato com outras pessoas, sentia-se menos burro do que esses outros.

Calmo e nervoso, autoritário e tímido, batalhador e pacífico, intransigente e compreensivo, duro e afável, ativo e contemplativo, egocêntrico e generoso, orgulhoso e modesto, cartesiano e místico, sólido e emotivo, lúcido e ingênuo, engajado, porém livre e solitário.

as mãos

Ao estar com ele, ao escutá-lo, a gente olhava para seu rosto. Esperava seu sorriso; queria que ele ficasse contente. Tentava penetrar em seu olhar. Fitava sua boca, cujas rugas mais comumente se mantinham amargas, meio decepcionadas. Às vezes, seu rosto se imobilizava, para proteger sua vida íntima. Um rosto grave, pensativo. Ele tomava distância.

Então eu deixava meu olhar descer do rosto para as mãos. E descobria Le Corbusier. Ele se revelava pelas mãos. Essas mãos pareciam traí-lo. Expressavam todos os sentimentos, todas as vibrações da vida íntima que seu rosto procurava esconder.

Duas mãos grandes e fortes, enormes, marcadas por sulcos muito profundos, como que entalhados por um cinzel. Falanges musculosas. Mãos vibrantes, animadas. Mãos envolventes.

Mãos que se diria desenhadas por ele mesmo, com aquele traço feito de mil risquinhos sucessivos que pareciam procurar uns aos outros, mas finalmente delimitavam a linha precisa e exata, o contorno singular que demarcava a forma e a definia no espaço. Mãos de aparência hesitante, das quais saía a precisão. Mas que estavam sempre à procura, como seu pensamento. E nessas mãos se liam sua angústia, sua decepção, sua emoção e sua esperança.

Mãos que haviam desenhado, que iriam desenhar toda a sua obra.

tocar

A mão que gosta de tocar, e de segurar.

Ele catava seixos e os apalpava na mão, para ter uma percepção das formas. Em sua mesinha de trabalho, no ateliê, tinha um grande osso raquidiano. Muitas vezes o pegava, olhava-o com os dedos, mostrava-o. Exibia as fibras ossificadas que atravessavam obliquamente o interior do osso. Falava da estrutura. Não se contentava em vê-la. Experimentava-a com os dedos.

Com a mão ele segurava o buril, o lápis, o pincel. O utensílio não era independente da mão. Prolongava o tato. Permitia tocar no que era gravado, no que era desenhado ou pintado, até no que era escrito.

"Os utensílios na mão
As carícias da mão
A vida saboreada pelo
amassar das mãos.
A vida que está na palpação."[1]

segurar

A mão que segura, e que aperta.

Marta e eu tínhamos um pastor alemão chamado Puck. Num daqueles dias em que Le Corbusier ia visitar-nos em Saint-Rémy-les-Chevreuse, ele afagou o cachorro, depois colocou-lhe a mão não nuca e envolveu o pescoço de Puck. E foi apertando mais e mais. Puck começou a rosnar. "Corbu, por que você está apertando? Ele vai mordê-lo." E Corbu respondeu: "Gosto de sentir até onde posso ir".

Muitas vezes, nos confrontos que são as relações humanas, Le Corbusier queria ver até onde podia ir. E, às vezes, "apertava" um pouco demais.

corpos

A mão que aperta para conhecer e para segurar. A mão é fonte de conhecimento e vida. Ele gostava do corpo das coisas e da vida dos corpos, que percebia não apenas com os olhos, mas com a mão que tocava. Gostava do corpo da mulher. Desenhava e pintava com muita freqüência esse corpo, meio intumescido, porque a vida, o íntimo, infla as formas que habita. E a mulher era, para ele, o complemento indispensável, a forma que permitia completar e unificar sua própria forma.

"Os homens têm nas entranhas uma ruptura eterna, de alto a baixo. São apenas metade, só alimentam a vida com uma metade. E a segunda parte vem a eles e se liga."[2]

Todo pensamento está ligado ao corpo, aos volumes, às formas. Não há independência entre corpo e pensamento. A forma, através da visão e do tato, enriquece o pensamento. E o pensamento, para se exteriorizar, tem que ganhar forma pela mão.

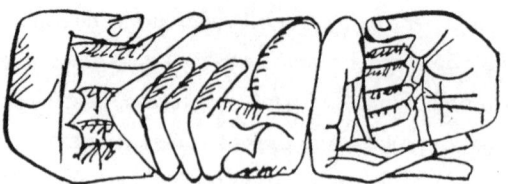

esforço

A mão que se fecha, e que aperta, para segurar e não soltar. A mão que se contrai diante do obstáculo. E o pensamento que se comprime diante do esforço.

"Não existe nada para quem não contrai seus pensamentos, sem sofrer, a cada hora do dia, para saber se as horas que passam são horas boas."[3]

A vida inteira de Le Corbusier foi esforço, tenacidade, perseverança, vontade. Aos 21 anos, ele já sabia disso:

"Dizer-lhe que minha vida não é brincadeira, mas trabalho intenso, necessário, é inútil, porque, de gravador que eu era, para me tornar arquiteto da concepção que fiz dessa vocação, foi preciso dar um passo imenso... entretanto, agora que sei para onde vou, eu seria capaz – com plena alegria, com um entusiasmo vitorioso – de fazer o esforço desse passo."[4]

E mais: "... quando a força que há em mim – provocada por um fato interior – grita: você pode."[5]

Produzir é fazer esforço, e sustentar esse esforço. Quando estava no Punjab, em 6 de novembro de 1951, ele escreveu a sua equipe da rua de Sèvres:

"Aqui tudo é interessante, mas é como uma criança pequena ou um filhote de elefante: concebê-los é relativamente fácil. Só que é preciso encontrar a mulher, ou então Madame Elefante. Já para tirá-los do ventre, há que se fazer força!!!"[6]

Um dia, talvez ele tenha lido esta frase de Sêneca:

"Não é por as coisas serem difíceis que não ousamos; é por não ousarmos que elas são difíceis."[7]

amargo

Sim, muitas vezes havia amargura no rosto de Le Corbusier. A boca se comprimia de leve. O olhar ficava distante. A expressão se fechava. Seu pensamento se afastava das pessoas presentes.

E então nos surpreendia que um destino tão grandioso pudesse conter sua dose de amargura. Decepções, quem sabe, na parte oculta de sua vida. Muitas decepções no trabalho, sem dúvida, muitas oposições, muitas críticas recebidas, muita má vontade e muitas maldades encontradas, muita má-fé contra ele. Muitos malogros em suas esperanças de construir e de realizar suas idéias. Não obstante, um sucesso imenso. Uma autoridade mundial rapidamente adquirida. Uma influência considerável, exercida em toda a arquitetura e todo o urbanismo contemporâneos. Uma multidão de admiradores, muitos depoimentos calorosos. Um grande número de amigos. Todo um grupo de jovens decididos a trabalhar para ele. E a confiança nele depositada por um sem-número de mulheres e homens.

Então, por que aquele gosto amargo nos lábios cristalizados, nos olhos entristecidos? Talvez apenas porque, para os gênios, a exigência coloca-se além do sucesso e se instala no inacessível. Talvez fosse a intensidade do sempre querer melhorar, e a decepção de ainda não poder tirar de si coisas melhores. E, além disso, havia nele o pintor que queria ultrapassar o arquiteto. Ele se considerava arquiteto acessoriamente, quase por acaso, por força das circunstâncias.

"Aos treze anos e meio, tornei-me aprendiz de gravador de caixas de relógios: decorávamos a talho-doce o verso daqueles relógios grandes e redondos que se usavam no bolso. Eu tinha um contrato de quatro anos. No fim do terceiro, um de meus professores (um mestre notável) tirou-me delicadamente desse trabalho medíocre. Quis fazer de mim um arquiteto. Eu tinha horror à arquitetura e aos arquitetos. Esse professor, L'Éplatenier, iniciou-me no 'Movimento de Arte 1900', que foi uma estupenda efusão criadora: natureza, formas e o reaparecimento de um estilo (um modo de pensar).

E então, numa guinada, lá se foi a pintura!!!...

– Não, nunca! – disse-me L'Éplatenier. – Você não tem a menor vocação para a pintura! – (ele mesmo era pintor). Eu tinha dezesseis anos, aceitei o veredicto e obedeci; engajei-me na arquitetura."[8]

Ele se via primeiro como pintor. Queria que o considerassem melhor pintor do que arquiteto. E, durante toda a vida, carregou essa dualidade e essa decepção nas profundezas de sua vida íntima. Durante a vida inteira, entristeceu-se com isso algumas vezes.

Mas ele era um pintor. "Os dois seres paralelos são como as duas extremidades de um mesmo bastão."[9]

E o que também o caracterizava era a força de superação dessa amargura, assim como a batalha vencida contra ela a cada dia. O rosto voltava a se animar. A boca reencontrava o sorriso. Os olhos tornavam a se transformar em luz. A mão recomeçava a desenhar.

E ele desenhava os meandros dos rios.

meandros

Ele os olhava do avião. Cobria páginas inteiras com seus desenhos. O rio era sinuoso no terreno plano. Avançava lentamente, desenhando curvas. E essas curvas se arredondavam em círculos. A montante, os aluviões se depositavam, e, a jusante da curva, a água escavava lentamente as margens. Depois, passados séculos, as curvas se juntavam, cavava-se a passagem direta, e o rio abandonava o meandro e corria em linha reta.

"Há o meandro dos rios, que significa que o curso talvez seja muito longo, muito movimentado, muito irracional. E há o meandro das complicações e complexidades."[10]

Complicações, complexidades, fracassos, decepções: sim, muito freqüentes. Mas havia a tenacidade, a perseverança: ele parecia ter decidido de uma vez por todas nunca desanimar. Por sua atitude perante a vida, ele me permitiu compreender que é preciso ter coragem para nos recusarmos a desanimar. E que é somente com muitas decepções que se constroem algumas satisfações.

O meandro é a própria imagem de sua vida, feita de um esforço incansável. Contornar o obstáculo, sim, mas não renunciar. Cavar, cavar sempre, para aprofundar e descobrir a passagem. Depois, deixar para trás os meandros, as decepções, as amarguras, as maldades. Passar em linha reta e redescobrir a vida, o perpétuo nascimento, a alegria.

Como a mulher e o homem, o rio é feito daquilo que recebe: as fontes, os afluentes, os fluxos. Com eles, o rio desenha sua forma. Depois, leva-os para o mar.

La mer est redescendue
au bas de la marée pour
pouvoir remonter à l'heure.
Un temps neuf s'est ouvert
une étape un delai un relai

Alors ne serons-nous pas
demeurés assis à côté de nos vies.

mar

Depois de se haver crispado diante do obstáculo ou do fracasso, a mão, conduzida pelo pensamento e pela vontade, volta a se abrir e recomeça.

Como o mar.

"O mar desce outra vez na baixa da maré, para tornar a subir pontualmente. Um novo tempo se abre, uma etapa, um prolongamento, uma seqüência.

E assim não permaneceremos sentados à margem de nossa vida."[11]

franqueza

A mão que se reabre é a imagem da franqueza, da honestidade. Eis-me aqui, aceite-me como sou. É uma mão que não sabe enganar nem mentir.

"... a mentira é intolerável. Na mentira, perecemos."[12]

Ele odiava a mentira arquitetônica. Por medo de mentir, recusou-se a criar a capela de Ronchamp.

Os monges dominicanos pediram-lhe que fosse o arquiteto dessa capela, construída no alto de uma colina, a última colina ao sul dos Vosges, em Ronchamp, onde séculos atrás existiam locais de culto, onde havia uma capela de peregrinação, demolida durante a última guerra. E Le Corbusier se recusou. Nunca havia feito uma igreja, um convento ou o que quer que fosse na arquitetura religiosa. Le Corbusier recusou-se porque não era católico, porque havia nascido numa família protestante na Suíça. Sua mãe era praticante, e ele mesmo havia recebido uma educação protestante. Mas ele era agnóstico. Dizia não saber se Deus existia e, não sabendo, era mais honesto dizer "não sei".

Foi essa a resposta de Le Corbusier: "Não, não tenho o direito de construir uma igreja, uma capela católica; não sou católico, é preciso contratar um arquiteto católico". Um dia, ele me pediu que fosse a sua casa. Disse-me: "O padre Couturier virá almoçar comigo, e temos que falar de uma capela que ele gostaria que eu construísse, e que não quero construir. Então, Wogenscky, venha também, venha, você estará presente no almoço".

Assisti nesse dia a uma conversa extraordinária, que não consigo relembrar sem emoção. De minha parte, eu não disse nada. Fiquei na extremidade da mesa de mármore. À direita estava o padre Couturier, com sua magnífica batina branca. À esquerda, Le Corbusier, encostado na parede, defendendo seu ponto de vista: "Não tenho esse direito! Contrate um arquiteto católico". E o padre Couturier explicou-lhe que a decisão de encomendar a obra a Le Corbusier fora tomada com conhecimento de causa, sabendo-se que ele não era religioso.

Por fim, o padre lhe disse: "Mas, Le Corbusier, pouco me importa que você não seja católico. Precisamos de um grande artista, e a intensidade estética, a beleza que você fará com que seja experimentada pelos que forem à capela permitirá aos que têm fé encontrar o que procuram. Haverá uma convergência da arte com a espiritualidade, e você atingirá muito melhor o nosso objetivo do que se procurássemos um arquiteto católico: ele se sentiria obrigado a fazer uma cópia das igrejas antigas".[13] Le Corbusier ficou pensativo por alguns segundos, depois disse: "Nesse caso, aceito". E desenhou a capela de Ronchamp.

construir-se

Um dia lhe perguntaram: "Mas, afinal, o senhor tem um truque, um método? Como consegue fazer tudo o que faz?". E ele respondeu, simplesmente: "É que minha mãe me disse: faça bem-feito tudo o que você fizer".

Num outro dia, durante uma viagem, olhamos por acaso para um varredor de rua. Le Corbusier me disse: "Sabe, Wogenscky, o que aquele homem faz é tão importante quanto o que eu faço". Estupefato, pedi que me explicasse por quê. E ele explicou: a conseqüência dos atos é a qualidade do que é feito. O que nós decidimos fazer, nossa profissão, por exemplo, é menos importante que o valor do resultado e a exigência que temos em relação a ele. Procurar fazer tudo bem-feito leva a construirmos a nós mesmos, incansavelmente, assim como se constrói uma casa. A qualidade do resultado decorre dessa construção de si.

Esse foi um dos exemplos mais marcantes que recebi de Le Corbusier: essa espécie de luta exigente consigo mesmo, com esse eu que nunca está acabado enquanto vivemos, que tem de ser construído, polido, que é um devir erigido dia a dia. Já não me lembro quem disse: "fazer da vida uma obra de arte". Le Corbusier poderia ter dito: "fazer da vida uma arquitetura".

Isso também leva à extrema sinceridade.

"Os filhotes de ursos, de cães, mostram sua inclinação natural; mas os homens, ao se atirarem de imediato em hábitos, opiniões e leis, modificam-se ou se disfarçam com facilidade."[14]

Le Corbusier não se disfarçava.

Sua força estava em ter-se livrado das regras, das maneiras de agir e de ver, das rotinas. Talvez essa seja a força do autodidata. Não há escola em que aprender maus hábitos. Nada de "é assim que se faz". A escola de Le Corbusier era o espetáculo da vida. Ele se livrara de todas essas regras, hábitos e modelos que a escola e a sociedade nos incutem. Não era afetado por todos os reflexos condicionados que escravizam inúmeros arquitetos. Ele partiu do zero na vida e redescobriu por si só essas grandes forças cósmicas, telúricas e humanas, esses campos de energia experimentados pelo corpo e pelo pensamento.

mão aberta

Um dos pontos fortes de Le Corbusier era ter sabido receber e reter. Ele olhava, tocava, tomava notas, queria pegar e guardar dentro de si. Com uma mochila nas costas, partiu pela Europa, ao redor do Mediterrâneo. Desde muito jovem, e até o fim da vida, encheu inúmeros cadernos com desenhos, anotações, idéias. Armazenava tudo que podia. Tinha sede de ver, conhecer e assimilar.

"Uma mão cheia, foi isso que recebi."[15]

"Mas quando, em cada uma de nossas vidas, somos enfim seres que se abrem para receber?"[16]

A mão estava aberta para receber. Ele decerto compreendera, ainda muito novo, que é preciso ser uma criatura que recebe, incansavelmente, para talvez tornar-se, em alguns raros instantes, um criador capaz de oferecer.

"Aberta para receber, e também aberta para que cada um venha buscar algo nela."[17]

"Existe o homem que dá e o homem que recebe; é mortal a mão que nos presenteia, e é mortal a mão que aceita."[18]

Durante toda a vida, ele foi uma grande mão aberta. Vez por outra a fechava sobre o segredo de si mesmo. E não haverá também, em "A mão aberta", que ele desenhou para a cidade de Chandigarh, um segredo, um apelo, um grito para o inatingível, um grito que ninguém ouve?

"... Não creias que eu te esteja fazendo um pedido, Anjo, e, mesmo que eu to pedisse, não virias. Porque minha invocação é sempre cheia de recusa, e não podes remar contra uma corrente tão forte. Um braço estendido é meu apelo. E a mão desse braço, que no intuito de captar se abre para o alto, continua aberta diante de ti, como uma defesa e um alerta, Ó, tu, Inalcançável, toda aberta."[19]

Picasso

Le Corbusier era intenso. Dessa riqueza acumulada, assimilada, pensada, resultava um campo de energia que emanava dele.

Com alguns de seus outros colaboradores, tive a imensa sorte de viver uma ocasião inesquecível: Picasso foi passar um dia no canteiro de obras da Unidade Habitacional de Marselha. Le Corbusier viera de Paris para recebê-lo. E, circulando pela obra e almoçando todos juntos no refeitório dos operários, passamos o dia inteiro escutando esses dois homens conversarem. Havia entre eles muita estima e amizade recíprocas. Picasso era um dos raríssimos contemporâneos que Le Corbusier realmente apreciava. Creio até recordar que ele me disse, um dia, que Picasso pintava melhor do que ele.

O dia inteiro os dois rivalizaram em modéstia. Cada um tentava colocar-se abaixo do outro. Foi maravilhoso. E o que me ficou gravado na memória foi a energia extraordinária que emanava de ambos. Estávamos num duplo campo de forças. As vozes deles eram calmas. Seus silêncios, carregados de sentido. Os olhos eram luminosos. E suas mãos eram falantes.

cândido

Ele era cândido. Dizia, muitas vezes: "Sou um ingênuo". E, muitas vezes, tinha razão. Mostrava-se tal como era, inocente, sem desconfiança.

Em diversas ocasiões de sua vida, confiou em quem não o merecia. E foi enganado por essas pessoas.

Era essencialmente apolítico. Mas confiava naqueles a quem chamava "os edis", os detentores do poder. Procurava-os e, às vezes, cometia ingenuamente erros crassos, com os quais depois ficava consternado.

Era um péssimo diplomata. Quando eu o acompanhava em reuniões decisivas, sentia medo. Vez por outra, seu principal obstáculo era ele mesmo.

Em La Rochelle, isso fez seu projeto fracassar. Para a ampliação da cidade, seu plano urbanístico previa um bairro da Ville Radieuse, composto por dez Unidades Habitacionais, numa área livre entre La Rochelle e La Pallice. Soltan* e eu, ao longo de várias viagens e múltiplas reuniões, havíamos preparado as opiniões da melhor maneira possível. E ficáramos muito contentes, porque o prefeito parecia estar de acordo. Ele nos declarou estar disposto a escrever ao ministro para expressar seu desejo de que o projeto fosse realizado. Mas o prefeito ainda não havia conhecido Le Corbusier. Quis vê-lo. Pediu-nos que ele fosse pessoalmente à Câmara Municipal expor seu projeto. Voltamos com Le Corbusier, que explicou o projeto numa sessão solene. Ele enalteceu as condições de moradia nas Unidades.

---

* Jerzy Soltan (1913-2005), arquiteto de origem polonesa, trabalhou alguns anos com Le Corbusier e depois foi professor emérito de Arquitetura e Urbanismo na Universidade de Harvard, em Cambridge, Massachusetts. (N. de T.)

Depois, acrescentou: "As moradias serão tão bonitas quanto as dos mesopotâmicos". Silêncio glacial. O prefeito empalideceu. Soltan e eu também. O prefeito cochichou-me no ouvido: "Ele nos toma por selvagens!". E foi tudo por água abaixo. As Unidades Habitacionais e a Ville Radieuse. Isso foi em 1946, antes da decisão de construir uma Unidade em Marselha.

Quase a mesma história se deu com o projeto de Meaux, um bairro da Ville Radieuse, com cinco Unidades Habitacionais. Estávamos no local, com o prefeito e Le Corbusier. Duas lebres magníficas passaram correndo, em grande galope. O prefeito explicou-nos que era sempre a fêmea que precedia o macho. Le Corbusier e eu não sabíamos disso. Silêncio. Depois, Le Corbusier, dessa vez por brincadeira: "E por que não fazer casinhas familiares neste terreno?". O prefeito não gostou da brincadeira. O representante do Ministério, sempre contrário ao projeto, menos ainda. E um outro arquiteto tomou o lugar de Le Corbusier.

Por sorte, havia outras ocasiões em que ele sabia seduzir.

solidão e silêncio

Ele era solitário. Por maior que fosse a amizade de que desse mostras, mesmo durante uma conversa ou uma sessão de trabalho, às vezes Le Corbusier parecia partir. Retirava-se para sua vida íntima, mais povoada que o mundo dos homens.

Seu verdadeiro trabalho era sempre solitário. A vida social tende a nos recortar e a nos dispersar em pedacinhos. O indivíduo precisa recompor-se, reaproximar-se de si. E, para isso, precisa estar só.

"É na solidão que o sujeito se bate com seu eu."[20]

Le Corbusier protegia seu trabalho.

Um dia, pediu-me que fosse encontrá-lo em seu apartamento. Queria conversar comigo a sós. Estávamos em seu ateliê de pintura. A grande porta montada sobre um eixo giratório entreabriu-se. Vimos surgir Yvonne Le Corbusier. Ele a mandou embora com brusquidão. "Você não tem o direito de entrar aqui." Fiquei consternado. Achei que ele havia exagerado. E, no entanto, eu sabia o quanto era apegado a sua mulher.

Ele não gostava de grupos numerosos. Detestava reuniões. E, nos grupos, permanecia calado. Às vezes, era preciso falar em seu lugar. Havia nele uma proteção a seu eu, e também uma certa desconfiança. Talvez ele conhecesse um ditado africano que diz:

"Os homens não têm juba nem cauda, mas, para se deixar apanhar, têm a fala que lhes sai da boca."[21]

Solidão não é egoísmo; ao contrário, é uma expansão de si mesmo. Não é um empobrecimento.

"Porque faz um bem imenso estar livre diante de si mesmo, para abrir as comportas das forças interiores."[22]

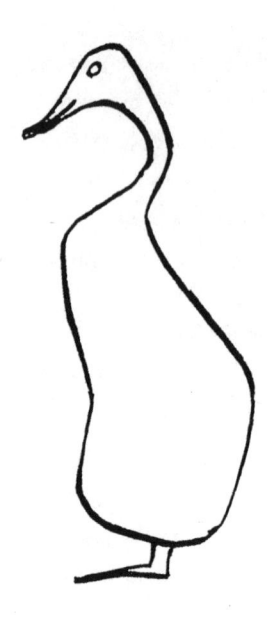

alegria

Ele gostava da alegria. Era um *bon-vivant*. Gostava de vinho e de *pastis*.* Gostava de pilheriar. Suas brincadeiras e as piadas que apreciava nunca eram vulgares, embora fossem populares. Ele detestava a vulgaridade. Às vezes contavam piadas vulgares em sua presença. Le Corbusier não dizia nada. Mas seu olhar se afastava e suas duas mãos diziam que aquilo não era do seu agrado. Embora seus gostos fossem populares, descobria-se escondido nele um aristocrata, talvez sem que ele mesmo o soubesse.

Seu livro de cabeceira era um Rabelais. Eu lhe disse que preferia Montaigne. Ele me retrucou que preferia Rabelais. Por sua resposta, desconfio que não tivesse lido muito Montaigne. No entanto, havia semelhanças entre Montaigne e ele. Nunca consegui saber se Le Corbusier realmente lia muito. Talvez não. Sua cultura, imensa, não era livresca. Era vivida. Resultava de seus desenhos, suas viagens, do que ele tinha visto e experimentado. Era mais manual do que intelectual.

Nunca dava gargalhadas. Mas sabíamos muito bem quando estava contente. Seu rosto e suas mãos o diziam. Era como que um calor que recebíamos dele.

---

* Aperitivo alcoólico perfumado com anis, que costuma ser bebido com água. (N. de T.)

intuitivo e calmo

A vida de suas mãos era também a imagem de sua intuição.

Num terreno, nós o víamos experimentar as forças telúricas e cósmicas que o atravessavam. Como um animal, Le Corbusier sentia as linhas de força, seus cruzamentos, os lugares intensos e os lugares inertes. Sua mão os desenhava no caderno.

Ele sentia o trajeto do sol e desenhava o ritmo do dia e da noite.

Tinha a intuição da vida dos homens do campo. Mantinha-se longe deles, mas estava próximo, porque os observava, escutava, desenhava e compreendia. Ele era lúcido.

Não era um analista. Muitas vezes, não sabia explicar com clareza o que propunha. Provocava no ouvinte receptivo uma espécie de ressonância estética e poética de sua visão pessoal. Mais fazia com que ela fosse experimentada do que racionalmente compreendida. Nas reuniões, às vezes era preciso dar explicações em lugar dele. Encerrado em sua solidão e em seu eu, ele via os problemas, via as soluções.

De mil dados, mil fatores dispersos, fazia uma unidade. Integrava-os. Cada um se tornava o componente de uma forma, dependente dos outros e agindo sobre eles. Le Corbusier enxergava como um compositor escuta.

E, então, sua mão desenhava. Então, para além de qualquer agitação, ele ficava calmo. A calma não destrói o desejo nem a paixão. Ao contrário, concentra-os potencialmente.

no trabalho

Primeiro ele foi trabalhador manual. Aprendeu a gravar e a cinzelar caixas de relógios. Em toda a sua obra permaneceu a marca do trabalho manual, das formas sentidas e formadas com a mão. Le Corbusier viajou ao redor do Mediterrâneo. Gostava das formas arquitetônicas feitas com as mãos, com base na estatura humana, na Grécia, na Turquia e no Mzab. E essa arquitetura escultórica, erigida com as mãos, estava presente em toda a sua obra, e depois seria reencontrada em Ronchamp.

E sua mão continuava a desenhar. Le Corbusier desenhava árvores, folhas, rebentos. E desenhá-los era experimentar nos dedos a semente que os havia formado. A forma não é gratuita. É orgânica, é forma de vida. Ele desenhava paisagens moldadas pela força dos ventos e das águas, pela vida e pela mão humana.

"A mão, que contém tantas linhas internas e tantas significações em seu contorno; ela contém a personalidade do indivíduo, o que significa que as coisas mais ocultas, mais secretas, mais subjetivas, mais inapreensíveis, podem muito bem ser reveladas por um traço preciso, por uma linha da mão, pelos músculos da mão, pela silhueta da mão."[23]

Era a cabeça que guiava a mão, mas às vezes a mão guiava a cabeça.

Ele dizia: "Eu fazia as coisas passarem de minha mão para minha cabeça". E: "Às vezes, minha mão segue à frente de meu espírito".[24]

A cabeça pensa. As mãos tocam. O corpo experimenta.

As mãos agiam, "cabeça-e-mão, de onde sai tranqüilamente a obra humana de carne-e-espírito".[25]

Quando a cabeça pensava, não convinha deixar a mão desenhar cedo demais, nem muito depressa. Le Corbusier no trabalho era primeiro uma espera, às vezes por muito tempo. Eu me inquietava com isso, freqüentemente. Tínhamos de entregar um projeto numa data exata. E Le Corbusier esperava. Às vezes, parecia esquecer o projeto. Não falava dele. Deixava-o nascer.

"Quando me confiam uma tarefa, tenho por hábito colocá-la dentro da memória, ou seja, não me permitir nenhum croqui durante meses. A cabeça humana é feita de tal modo que tem uma certa independência: é uma caixa em que podemos jogar desordenadamente os elementos de um problema. Depois, é deixá-los flutuar, cozer em fogo brando, fermentar. E então, um dia, por iniciativa espontânea do ser interior, produz-se o clique; a gente pega um lápis, um carvão, alguns lápis de cor (a cor é a chave do processo) e parteja no papel: a idéia sai, a criança sai, vem ao mundo, nasce."[26]

Primeiro ele via, como o compositor escuta.

"Não desenhar, mas primeiro ver o projeto, no cérebro; o desenho só é útil para ajudar na síntese das idéias pensadas."[27]

"É impossível arrumar as peças quando não se tem uma forma do todo na cabeça."[28]

E então um dia ele chegava ao ateliê da rua de Sèvres com uma pilha de croquis, em geral em papel de máquina de escrever, desenhados a lápis preto, esferográfica e, principalmente, lápis de cor. Estava tudo ali, o projeto inteiro fora abarcado. No começo, tínhamos dificuldade para compreender os croquis. Depois, aprendíamos a ler, a vê-los. Eles continham a semente de todo o projeto. Só tínhamos de passá-lo a limpo, com a régua-tê e o esquadro. E Le Corbusier continuava a ver os planos em detalhe, até o fim. Passava muito tempo sentado junto a nossa prancheta.

Esclarecia. Retificava. Reforçava a exatidão e o rigor. Complementava. Fazia-nos desenhar alguns detalhes em tamanho natural, num enorme quadro-negro que ia até o teto. Assim, a *loggia* da Unidade de Marselha foi desenhada em escala 1:1 e escrupulosamente ajustada. Até os mínimos detalhes, inclusive no canteiro de obras, Le Corbusier desenhava e queria aprimorar as coisas.

Sucedia, o que era raro, um desenhista lhe sugerir uma idéia, ou até uma forma. Em geral, primeiro Le Corbusier as rechaçava, meio insatisfeito. Não suportava intromissões. E, quando finalmente as adotava, era depois de repensadas, redesenhadas por ele, reintegradas na unidade do conjunto. Ele foi o único autor de todos os projetos que vi nascerem.

Isso não contradizia a necessidade, para ele incontestável, de ter bons colaboradores, a quem deixava muito trabalho e que prolongavam o seu, passando a limpo seus desenhos, estabelecendo os planos de execução, os detalhes técnicos, substituindo-o em múltiplas reuniões e controlando os canteiros de obras. Ele precisou de Charlotte Perriand para ajustar os projetos de móveis e controlar sua fabricação. Antes de 1939, não teria realizado nada sem seu primo e assistente Pierre Jeanneret, homem de grande valor que continuou a representá-lo após a guerra em Chandigarh. Depois de 1945, ele nada teria realizado sem uma equipe de jovens fiéis e dinâmicos. E sabia disso. Na inauguração da Unidade de Marselha, emocionado, terminou seu discurso falando deles: "É a eles que digo obrigado".

a mão desenha

A mão desenhava. Mas não desenhava numa superfície plana. Gravar era desenhar em três dimensões. Era cavar ou criar um relevo. Ver o volume. E o volume tanto era interno quanto externo.

Ele desenhava a concha.

"Ternura.

Molusco, o mar não pára

de nos lançar seus restos

de risonha harmonia nas areias.

A mão amassa, acaricia,

a mão desliza. A mão e a

concha se amam."[29]

O interior não era vazio. Ao contrário, era a semente. A seiva na árvore e no botão. A parcela de vida na concha, ponto de nascimento e de crescimento.

E então, com cautela, a mão que desenhava punha a vida humana dentro da forma.

envoltório

A mão desenhava o envoltório.

Com infinito tato, ela o desenhava em torno da mulher e do homem. Envolvia-lhes a forma, a estatura. Não os envolvia apenas imóveis, mas contornava seus gestos, seus movimentos, seus atos. Envolvia seus pensamentos. Era membrana em volta deles e dos filhos que eles criavam e que cresciam. O envoltório não era uma forma arbitrária, mas composta em torno da vida que ele cercava, como a concha. A mão envolvente desenhava a casa. Da vida interior decorria a forma exterior.

casa e sol

A casa não é separada do espaço que a cerca. Está imersa na paisagem e envolvida por ela. E as forças dessa paisagem também são fatores na forma da casa. Limite entre a vida interna e a vida externa, ela é moldada por essas forças. A casa é um envoltório fechado, porém aberto. Ela protege do exterior. Mas abre para ele o interior. Ela liga. Ela estabelece a continuidade entre o dentro e o fora.

Ela está na luz que recebe, no sol.

"Máquina giratória pontual, desde tempos imemoriais, o sol faz nascer a cada instante das 24 horas a gradação e a nuance, e o imperceptível quase lhes fornece sua medida. Mas ele rompe essa medida bruscamente, duas vezes, de manhã e à noite. A continuidade lhe pertence, ao passo que ele nos impõe uma alternativa – a noite, o dia –, os dois tempos que regulam nosso destino: um sol se levanta, um sol se põe, um sol torna a se levantar."[30]

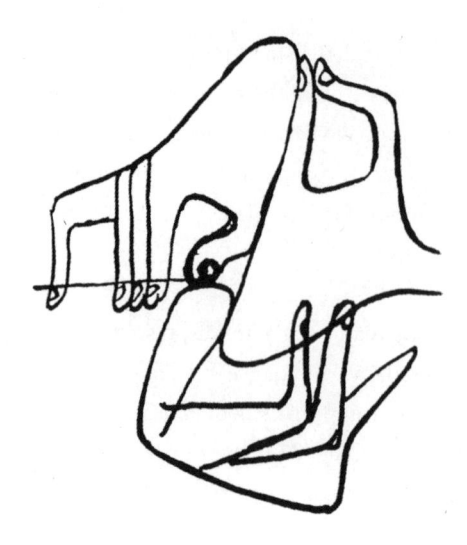

unidade

Na luz, no ar, com as plantas e os seres vivos, a casa não está sozinha. É preciso haver outras, para outros homens, mulheres e crianças, muitas outras. E a mão que desenhava, a mão conduzida pela cabeça pensante, lançava-se no desenho de envoltórios sucessivos, que se integravam uns aos outros e traçavam no solo e no espaço a imagem da sociedade, as unidades sociológicas, cada uma servindo de envoltório para aquelas que continha, organização dos homens na terra, imagem pensada e concretizada da própria sociedade. Unidade.

A mão de Le Corbusier desenhava a moradia familiar integrada na Unidade Habitacional. A Unidade Habitacional integrada na Ville Radieuse. As unidades industriais integradas na Cidade Linear. As cidades-encruzilhada integradas à região e unidas pelas quatro estradas e pelas cidades lineares industriais. As unidades agrícolas no interior das vias de passagem. Até chegar às regiões e aos países reunidos pelas grandes trocas. Formas sucessivas, religadoras e religadas, fechadas e abertas, desde a concha, a semente, a parcela de vida, até as grandes formas humanas desenhadas sobre o planeta, no ritmo do dia e da noite.

Ville Radieuse

É que Le Corbusier não era apenas artista. Era arquiteto, meio a contragosto. Mas, já que era arquiteto, queria ser um arquiteto completo. Não admitia negligenciar os aspectos utilitários da arquitetura. Mais do que qualquer outro arquiteto contemporâneo, baseou sua arquitetura numa visão sociológica. Ele olhava.

Via a sociedade estruturada como um organismo: formas englobantes e englobadas, integradas umas às outras: indivíduos, famílias, grupos sociais cada vez maiores. Pressentia intuitivamente os laços poderosos que integravam essas formas sociais numa unidade orgânica. Pressentia também a interação existente entre estrutura social e estrutura arquitetônica. Pensava e desenhava um urbanismo e uma arquitetura que decorriam das estruturas sociais e reagiam sobre elas, reforçando sua estruturação: uma organização que criava um organismo vivo.

A idéia fundamental da Unidade de Habitação era isolar a família em seu domicílio e proteger sua privacidade. Não ver nem ouvir os vizinhos, e, portanto, saber que eles não nos vêem nem ouvem. Conciliar esse isolamento com o apego necessário à coletividade. Rejeitar o conflito indivíduo-sociedade. Propor uma arquitetura que conciliasse a vida individual, a vida familiar e a vida social. Ultrapassar a simples justaposição quantitativa das moradias umas às outras, justaposição que era aritmética, para integrar os domicílios em unidades que permitissem a livre expansão de vínculos utilitários e culturais, assim como as casas de uma cidade formam uma unidade, e como as famílias de uma aldeia formam uma comunidade.[31]

E sua visão estendia-se à cidade. Feita de Unidades Habitacionais que permitiam uma grande densidade, ao mesmo tempo ela liberava o solo, que só tinha dez por cento de sua superfície construídos. O resto era um parque pelo qual a natureza entrava na cidade. E andar pela cidade seria andar num jardim.

Le Corbusier evitava o risco de segregação entre as Unidades Habitacionais, ligando-as todas a um centro, a um coração.

As ligações com esse centro de gravidade seriam formadas por locais consagrados a atividades coletivas, especialmente lugares de idéias compartilhadas, locais de culto e casas de cultura, dedicados à arte e à criação.

A essa cidade ele deu o nome de "Ville Radieuse". E toda a visão da casa e da cidade era baseada na integração. Ela era biológica.

A Ville Radieuse nunca se concretizou. É espantoso e entristecedor constatar que, entre as novas cidades construídas na França depois da guerra, cujo urbanismo foi projetado como se nada se houvesse modificado nos cem anos anteriores, nossos sucessivos dirigentes não tiveram coragem para realizar, nem que fosse a título de experiência, pelo menos na escala de um bairro urbano, uma Ville Radieuse. O risco não teria sido grande. E as Unidades Habitacionais construídas em Marselha, em Rezé-les-Nantes, em Berlim, em Briey e em Firminy mantiveram-se apenas como protótipos isolados, órgãos amputados do organismo que lhes deveria ter dado vida.

Não utilizar o valor de seus criadores é, para uma nação, um empobrecimento material e cultural.

As Unidades Habitacionais são um sucesso? Todas as pesquisas objetivas e os depoimentos dos moradores respondem que sim.

o outro arquiteto

Auguste Perret, creio eu, não gostava muito dos outros arquitetos contemporâneos. No entanto, aprovou a Unidade Habitacional de Marselha. Foi Georges Candilis quem me contou essa história.

Auguste Perret foi visitar o canteiro de obras, onde os trabalhos já estavam muito adiantados. Candilis o recebeu. Os dois circularam pela construção. Perret visitou o apartamento-modelo. Não disse nada, a não ser por alguns murmúrios confusos, inarticulados. Eles desceram. Em frente à saída da obra, Auguste Perret, sempre majestoso, virou-se para Candilis e disse: "Está bom, está bom. Aliás, só existem dois arquitetos: o outro é Le Corbusier".

história

Tem-se recriminado Le Corbusier por fazer do passado uma tábula rasa. Isso equivale a não conhecer a fundo sua obra escrita e desenhada, ou a uma falta de objetividade. Ele gostava das obras do passado e queria protegê-las, para que se mantivessem belas e vivas, mas rejeitava o conservadorismo exagerado que queria conservar tal ou qual obra simplesmente por ser velha.

Le Corbusier renunciou ao Plano Voisin, excessivamente teórico e que ele mesmo criticou, e publicou seu verdadeiro projeto para Paris: o plano de 1937, exposto no pavilhão dos Novos Tempos, na Porte Maillot, no âmbito da Exposição Internacional de Paris. E o plano de 1937 conservava todos os monumentos de valor, toda a Paris histórica, a pequena Paris histórica no coração da grande Paris de um urbanismo e arquitetura vetustos.

Dentre todos os arquitetos que conheci, Le Corbusier era o mais culto em matéria de história da arquitetura. Uma cultura menos livresca, menos analítica, menos externa que a dos historiadores. Um conhecimento sentido não apenas com os olhos, mas com a mão, por estar gravado em sua memória pelos múltiplos desenhos que ele fizera nos museus e, principalmente, no decorrer de suas viagens, desde a juventude até sua última viagem a Chandigarh.

Um dia ele me contou como havia apalpado com a própria mão – sempre a mão, complementando os olhos – a curva progressiva do capitel dórico caído no chão aos pés do Parthenon. E desenhou de memória esse perfil.

Noutra ocasião, perguntou-me se eu conhecia livros sobre Brunelleschi. Queria estudar sua vida e sua obra, da qual gostava.

Ele conhecia muito bem as arquiteturas históricas, inclusive aquelas que não lhe agradavam muito. No começo de 1937, ao preparar o Pavilhão dos Novos Tempos, pediu-me que desenhasse uma grande perspectiva de Paris, vista de avião (só isso!), para representar os quatro arranha-céus comerciais nos quais propunha centralizar os escritórios, e para mostrar que toda a Paris histórica seria conservada. Imaginava ele, muito equivocadamente, que este jovem aluno da Escola de Belas-Artes devia ser perito em perspectivas. Era preciso desenhar no canto superior direito um Panteão bem pequenino. Balbuciei algumas desculpas. Le Corbusier aproximou-se: "Mas, como, aluno de Belas-Artes, é assim que você conhece a arquitetura clássica?!". E começou a desenhar, com grande detalhe, o conjunto do Panteão, mostrando-me como Soufflot tinha previsto as colunas, o frontão, as cornijas, o tambor. Ele tinha o Panteão nos olhos e na mão.

Como é possível não sentir em sua obra construída, ou simplesmente desenhada, a influência da arquitetura deixada pela história, sobretudo a arquitetura do antigo Egito e a arquitetura romana, uma e outra particularmente amadas por ele?

universal

Será, talvez, que a arquitetura de Le Corbusier ainda não está a uma distância suficiente? Ela jamais caiu na armadilha dos modismos passageiros. Não deseja satisfazer gostos momentâneos e fugidios. Situa-se num tempo além das modas e estilos. Ela resgata os grandes valores humanos, permanentes e universais, para além do espaço e do tempo. E, quando se houverem apaziguado as paixões pró ou contra, as rivalidades, os ciúmes e as ideologias, estou convencido de que a arquitetura de Le Corbusier ocupará um lugar correto na história da arquitetura.

Sim, no âmago dos homens existem valores profundos, permanentes, universais.

Ao viajarmos, quando não nos atemos ao excepcional e observamos o permanente, o fundamental, somos penetrados por uma verdade: por todo o nosso planeta, existem muito mais semelhanças do que diferenças entre os homens.

Se nos sentimos tomados de emoção estética e poética diante dos afrescos de Lascaux, do falcão Hórus, no templo de Edfu, dos templos de Carnac ou de Deir-el-Bahari, do ápice esculpido da montanha em Monte Albán, do jardim de pedras do templo Rioanji, em Quioto, da abadia de Thoronet ou da Vila Sabóia, é porque existem no cerne do gênero humano, através do espaço e do tempo, valores fundamentais, permanentes e universais.

A criação artística é uma tentativa de reencontrá-los, revelá-los e perpetuá-los. A arquitetura de Le Corbusier exprime esses valores.

Como um concerto de Mozart, a Vila Sabóia e o prédio da Assembléia, em Chandigarh, são, para Le Corbusier, uma prodigiosa superação de si mesmo em direção ao universal.

funcionalismo

Muitas vezes se disse que Le Corbusier foi um arquiteto funcionalista ou racionalista. *A priori*, poderíamos supor que isso é um elogio, porque, obviamente, uma arquitetura digna desse belo nome deve desempenhar funções, responder a problemas práticos, assim como deve ser estudada com inteligência.

É correto dizer que Le Corbusier devolveu importância aos problemas de ordem prática, em relação a uma arquitetura deficiente que os negligenciava, ocupando-se apenas de aspectos decorativos. Ele não foi o único. No começo do século XX, a arquitetura tinha grande necessidade disso.

Ocorre que Le Corbusier quis uma arquitetura que decorresse das atividades realizadas do lado de dentro. Como envoltório de movimentos, atos e pensamentos, ele tentou moldá-la segundo esses movimentos, atos e pensamentos. Sim, ele queria uma organização espacial que fosse racional e inteligente, favorável à expansão da vida. Detestava o desperdício de espaço. Tinha o senso da "economia" do espaço, assim como se fala em "economia" nas trocas e nas relações humanas.

Mas detestava as expressões "funcionalismo" e "racionalismo", pois temia que com elas se impusessem limites à arquitetura ou se criassem regras. Dizia que era uma tolice acreditar que "o que é funcional é necessariamente belo", como pretendiam certos arquitetos.

Le Corbusier recusou-se a redigir um prefácio que lhe foi solicitado por A. Sartoris, em 1931, para um de seus livros sobre o funcionalismo. E lhe escreveu: "para mim, o termo 'arquitetura' tem algo mais complexo do que o racional ou o funcional...".[32]

Limitar sua obra a esse aspecto utilitário é ver uma única árvore quando se está na floresta. É não ver a mão que trabalhava a organização da forma como um escultor, que ritmava o espaço como um músico ritma a duração, que tentava levar a arquitetura para além do racional, chegando ao limiar da emoção estética.

máquina

Para entender Le Corbusier, é preciso escavar em profundidade e compreender, ou mesmo experimentar, para além das palavras, suas intenções e seus desejos secretos.

Sua famosa frase "a casa é uma máquina para morar" causou-lhe grandes prejuízos. Muitos não a compreenderam; alguns não a quiseram compreender. No entanto, "vamos deixar bem claro na cabeça que uma cadeira é uma máquina para sentar. Uma casa é uma máquina para morar... Uma árvore é uma máquina de dar frutos. Uma planta é uma máquina de dar flores e sementes... Um coração é uma bomba de sucção".[33] Essa citação não é de Le Corbusier, mas de Frank Lloyd Wright.

O público tem medo da palavra "máquina". No entanto, sonha ter um número cada vez maior delas, e sempre mais aperfeiçoadas. O automóvel, que deve ser cada vez mais sofisticado e correr cada vez mais, sempre mais depressa, é o sinal representativo do nível social, mais do que a casa. As pessoas querem um número cada vez maior de aparelhos modernos. Admiram mais e mais os desempenhos técnicos. No entanto, a casa deve ser velha, ou dar a impressão de sê-lo.

Le Corbusier tinha razão de confiar na máquina, ou, mais exatamente, nas possibilidades oferecidas por ela. Queria que a casa fosse tão aperfeiçoada quanto o automóvel ou o avião, que tivesse igual desempenho. E desse desempenho não excluía, em absoluto, o que continuava a ser seu objetivo essencial: a beleza e a poesia espaciais. Não havia contradição.

utopia

Le Corbusier também foi taxado de utopista.

Caso se trate do sentido original e estrito da palavra, ou seja, "aquilo que não se encontra em parte alguma", isso é correto. Nenhuma realização de Le Corbusier, nem mesmo Chandigarh, representa a soma de suas idéias e propostas. Contudo, nesse sentido original, a palavra não quer dizer "irrealizável".

Se o termo for tomado no sentido pejorativo de "inviável", não creio que "utopista" convenha a Le Corbusier. Sua intuição e sua imaginação eram plenas de lucidez. O sucesso de suas realizações, a influência considerável de sua obra no século XX, todos esses resultados provam que suas idéias eram viáveis e que sua obra foi um sucesso.

No utopista, o inventor suplanta o artista. Le Corbusier manteve-se na linha delicada que separa o ideal da utopia. Sabia decidir o ponto de perfeição que era lícito alcançar, sem ultrapassá-lo. Creio que ele era, antes de tudo, um realista, mas, pelo poder da força criadora, levava esse realismo a um ideal. Sua obra foi inicialmente pensada em função do que são os seres humanos de hoje, como indivíduos, famílias e sociedades. Toda a sua arquitetura e todo o seu urbanismo basearam-se numa visão das estruturas sociais. Mas Le Corbusier não se resignou ao que elas são. Mediu os limites dentro dos quais poderia levá-las a um ideal possível.[34]

Essa foi uma de suas grandes forças. Sua imaginação nunca foi gratuita. Ele pensava nos homens, nas mulheres e nas crianças antes de pensar na arquitetura, que, a seu ver, era apenas um meio.

Quando Le Corbusier voltou de sua primeira viagem ao futuro local de Chandigarh, fui esperá-lo no aeroporto. Sua primeira afirmação foi: "Lá, Wogenscky, nós vamos fazer um urbanismo totalmente diferente". Fiquei desapontado – já via a Ville Radieuse aos pés do Himalaia. Perguntei-lhe por quê. "Porque lá, à noite, as pessoas põem a cama nas costas e vão dormir do lado de fora."

progresso

Le Corbusier acreditava que o progresso era possível. Participou do movimento de idéias do início do século XX: a confiança na ciência e nas técnicas.

Ele foi – ou ainda é – muito criticado por essa maneira de ver sua época. Censuraram-no por ter sido um grande ingênuo, por haver participado desta espécie de crença que animava muitas pessoas na primeira metade do século XX: todas as possibilidades oferecidas pelo desenvolvimento das ciências e técnicas dariam um grande impulso à humanidade, na construção da felicidade que ela não parava de buscar.

Não creio que essas críticas sejam justificadas, se nos situarmos corretamente no contexto da época. Le Corbusier formulava desejos. Mostrou que, nos anos que antecederam a Segunda Guerra, o gênero humano, sobretudo o mundo ocidental, achava-se diante de uma espécie de expectativa; era preciso escolher. Havia a possibilidade de considerar aquela época como um período de renovação, de reconstrução de uma sociedade, de uma humanidade melhor, com mais justiça e mais esperança no futuro.

"Existe um novo espírito. Uma grande época teve início."[35]

Ele constatava essas possibilidades de progresso em toda parte, exceto na arquitetura: "Existe uma profissão, apenas uma, a arquitetura, na qual o progresso não é obrigatório, na qual impera a preguiça, na qual as pessoas fazem referência ao passado".[36]

Diante de todas essas possibilidades, ele queria que nossa época se assemelhasse à Idade Média. E, uma vez que o queria, ele o afirmava: "Certa vez, já se vão sete séculos, houve algo parecido com isso em todos os aspectos, quando um mundo novo nasceu, quando as catedrais eram brancas".[37]

Mas a ciência, as técnicas e a máquina não eram nada. Tudo estava no uso que a humanidade fazia delas. Isso implicava uma escolha, uma intenção, uma vontade e um fervor.

"A grandeza está na intenção, não na dimensão. Quando as catedrais eram brancas, o universo inteiro era sustentado por uma imensa confiança na ação, no futuro e na criação harmoniosa de uma civilização."[38]

E toda a arquitetura, como a das catedrais, refletia sempre a intenção da qual nascia. Tudo era uma questão de homens.

"Dentre eles [...], os que forem suficientemente corajosos penetrarão na densidade da arquitetura, esse ofício total, hoje tratado com desprezo pelas Escolas e seus diplomas, esse ofício que impõe formas implacáveis de escravidão, que vão da honestidade profunda (no plano filosófico) até a imaginação mais apurada, controladas pelas leis da física, postas a serviço da sociologia, brutalizadas pela economia e, muitas vezes, subjugadas pela política etc. – uma verdadeira batalha, da qual sairá a face dos tempos modernos, e durante a qual as aspirações estéticas e plásticas encontrarão tanto sua expressão mais modesta quanto a mais altaneira, na exatidão das tarefas cotidianas, incansavelmente exacerbadas por conflitos desgastantes.

Essa época de arte é chegada. E é nessa nova página virada que se desenharão não somente abstrações pictóricas, pintadas na tela e emolduradas, porém uma síntese plástica nascida e realizada no local de trabalho, por pessoas do trabalho, pessoas ligadas (e religadas) e totalmente dedicadas à construção. Uma nova geração, capaz de sacrificar sua segurança e seu prazer para se transformar em militante da tarefa oferecida, no mundo inteiro, pela construção desse mesmo mundo."[39]

espaço

Quando desenhava formas espaciais, Le Corbusier as situava num espaço isotrópico.

Muito interessado na relatividade de Einstein, e lendo livros para tentar compreender alguma coisa dela, falei desse assunto duas ou três vezes com Le Corbusier. Mas ele era indiferente a essa questão. O *continuum* espaço-tempo de Minkowski não lhe dizia absolutamente nada. Para ele, o espaço era imóvel, homogêneo, isótropo, inerte. Tive a impressão de o estar entediando. Ele parecia achar que nada daquilo tinha o menor interesse para a arquitetura.

No entanto, era muito sensível às forças da paisagem. Antes de mais nada, o sol privilegiava algumas direções. Le Corbusier não se cansava de desenhar a curva das 24 horas solares e a alternância entre o dia e a noite. Em seus croquis, anotava as paisagens, as silhuetas, as diferenças de valor que as diversas direções podem assumir quando se estuda um terreno. Era sensível às forças telúricas e cósmicas. Mas creio que, para ele, ainda que essas forças existissem e atravessassem o espaço, elas não eram o espaço em si.

Sua concepção do espaço era a de Brunelleschi, e por isso, como em muitos outros pontos de vista, Le Corbusier era "clássico". Quase diríamos "antigo".

Não obstante, sua arquitetura era comumente dinâmica, carregada de forças e ritmos.

"Ao redor do edifício e dentro do edifício existem lugares precisos, lugares matemáticos, que integram o conjunto e são tribunas em que a voz de um discurso encontrará eco em toda a volta. Assim são os lugares da estatuária. E não se trata de métopa, tímpano nem pórtico. É muito mais sutil e preciso. Trata-se de um lugar que é uma espécie de foco de uma parábola ou de uma elipse, como o lugar exato onde se recortam os diferentes planos que compõem a paisagem arquitetônica. Lugar megafone, porta-voz, alto-falante."[40]

Mas sua arquitetura continuou a ser pensada num espaço isótropo. Não era o espaço em si que se revelava dinâmico e relativo. Restava uma espécie de continente inerte, ilimitado, abstrato. Le Corbusier, que nada tinha de matemático, conservava uma visão teórica e matemática do espaço: homogêneo, inerte, neutro e inanimado. Era a arquitetura que o animava.

Seria possível que fosse diferente? Talvez. Entre os arquitetos deste fim do século XX, alguns, creio eu, por certo em número pequeníssimo, tentam criar uma mudança. Antes de pensar na arquitetura, procuram pensar num espaço anisotrópico, relativo, não homogêneo, e criar campos de energia. A arquitetura deve moldar-se nesse espaço, esposar seu dinamismo ou tentar transformá-lo. Não é apenas a arquitetura que cria energia no espaço. O próprio espaço que recebe a arquitetura é um campo de energias que a condiciona. Será que essa espécie de mudança da concepção espacial nos dará um dia, talvez, uma arquitetura em quatro dimensões, um *continuum* tempo-arquitetura?

forma

A mão de Le Corbusier desenhava formas em três dimensões. Eram volumes. Volumes, por serem continentes, já que a arquitetura era o envoltório. Entretanto, de todas as complexidades humanas que envolvia, sua arquitetura não extraía formas complexas nem sofisticadas. Reduzia essa complexidade a formas simples, primárias, às da geometria elementar: o cubo, o cilindro, o prisma, às vezes a curvatura não evolvente, a porção da esfera, vez por outra a forma limitada por uma superfície enviesada. O simples volume podia conter toda a complexidade, ao passo que a forma complicada não podia conter a simplicidade. A forma era simples porque a desordem do mundo caótico era esclarecida e reconduzida à calma pela arquitetura.

A mão de Le Corbusier nunca desenhava formas arbitrárias. Desse diálogo entre a mão e o cérebro sempre resultava uma forma pensada. Uma forma que tinha razões profundas, raízes que se fincavam na vida dos homens – a vida individual, conjugal, familiar, em sociedade. Formas organizadas não somente pelos atos dos homens, porém, mais ainda, por seus pensamentos. Formas não apenas utilitárias, mas cuja organização era levada à beleza plástica. Era esse o supremo desejo de Le Corbusier: formas belas.

bela

Um dia sua mão desenhou um quadrado, mas arredondou-o. Era uma espécie de intermediário entre um quadrado e um círculo. Um quadrado cujos ângulos se curvavam. Um círculo em que alguns arcos opostos se achatavam. Ele me explicou que gostava dessa forma plana e que a achava bonita, conforme a exatidão que lhe fosse dada. Não era um intermediário qualquer entre o círculo e o quadrado. Era uma dosagem precisa, ligada ao gesto da mão, uma espécie de equilíbrio exato, encontrado no balanço que vai do quadrado ao círculo e faz o caminho de volta.

O espaço complexo, reduzido a formas simples, é enriquecido pela imbricação das formas. Acoplá-las é estabelecer entre elas uma troca. E é também estabelecer um vínculo, uma passagem de uma para a outra: o fluxo que passa do cubo para o cilindro e dele retorna. É ultrapassar a justaposição, que é apenas independência e inércia entre formas vizinhas. Porém acoplá-las para que uma mais uma seja igual a uma, e para que diversas componham sempre uma só. É a pulsão entre elas que nos permite ver nossa pulsão de vida.

A forma é bela porque é a imagem de nossos pensamentos, uma pulsão que tenta exprimir nossas aspirações. Mas o ato de pensar corre o risco de esvaecer na fluidez incorpórea das idéias. A arquitetura, como todas as artes, dá corpo à forma pensada. É um pensamento concretizado. E, quanto mais intenso e profundo é esse pensamento, mais bela é a forma arquitetônica.

o vazio

A bela forma desenhada por Le Corbusier não era apenas a forma plena, concreta, fechada: era também o vazio. A forma dos vazios era pensada como a forma dos cheios. Os dois eram complementares. O vazio não era um resíduo. Também era arquitetura. E, vez por outra, era mais pregnante do que a forma plena, que só fazia envolvê-lo. Nos "apartamentos-casas" das Unidades Habitacionais, era o vazio que tinha forma positiva. E também na sala da Assembléia de Chandigarh, bem como nas galerias do Convento de la Tourette e em sua igreja. A Vila Sabóia continua a ser uma das mais belas obras de Le Corbusier, por muitas razões: uma delas é o extraordinário equilíbrio entre os volumes cheios e os volumes vazios, a rigorosa complementaridade entre eles, o vazio que é uma forma positiva no interior do envoltório que lhe dá concretude.

E essa importância do vazio é o que preenche a arquitetura de significação. Porque é ao conseguirmos criar o vazio em nossa vida íntima que a descobrimos mais rica, mais cheia e mais fecunda.

"Molda-se a argila em forma de vaso: ora, é ali onde não há nada que reside a eficácia do vaso. Perfuramos portas e janelas para construir uma casa: pois é onde não há nada que reside a eficácia da casa. Assim, acreditamos tirar proveito das coisas sensíveis, mas é precisamente onde não percebemos nada que reside a verdadeira eficácia."[41]

a pele

A beleza das formas desenhadas pela mão de Le Corbusier não se percebe apenas pelos olhos, mas através do tato. Ela também implica a mão do espectador. Le Corbusier estudava com grande cuidado os materiais com que mandava executar as formas, e também as texturas que elas ofereciam à visão e ao tato.

Durante os trinta anos em que convivi com Le Corbusier, ele desejou construir com esqueletos de aço e elementos minuciosamente estudados, fabricados em usinas e montados no canteiro de obras. Quando fui seu assistente, era muito freqüente fazer-se um estudo comparativo entre a estrutura de aço ou de concreto armado. Conforme os resultados fornecidos pelos engenheiros, o concreto saía sempre mais barato. E nós nos reduzíamos ao concreto armado. Somente o Centro Le Corbusier, erigido em Zurique e estudado para ser industrializado, foi construído em metal.

Ao estudar o concreto armado, Le Corbusier aprendeu a gostar desse material. Desde sua juventude, admirava as primeiras construções de concreto. Depois, compreendeu que sua textura também podia ser bela como a da pedra.

Le Corbusier gostava do concreto que permitia todas as formas, já que era preparado em moldes. Estudava esses moldes, para que a superfície, a pele, não fosse qualquer uma, e sim animada pelo traçado do molde, que ela preservava solidificado. Na Unidade Habitacional de Marselha, ele empregou pela primeira vez o concreto aparente desenformado, vertido em formas de madeira cujas marcas preservava.

Le Corbusier jogava com o contraste dos materiais, entre o rugoso e o liso, o quente e o frio. Gostava da madeira, que dizia ser "amiga do homem". Insistia no estudo das formas até chegar à pele delas. "Acredito na pele das coisas como na das mulheres."[42]

Quando olhamos para sua arquitetura, o olho a percorre tal como o faria a mão. Le Corbusier a sentia com a mão e na mão ao desenhá-la. Agora, ao fitá-la e percorrê-la com os olhos, gostaríamos de ter uma imensa mão para tocá-la, para colocar sobre ela nossos dedos afastados, para segurá-la, para sentir o jogo das formas na palma e entre os dedos, sob a carícia de nossa pele na pele das formas.

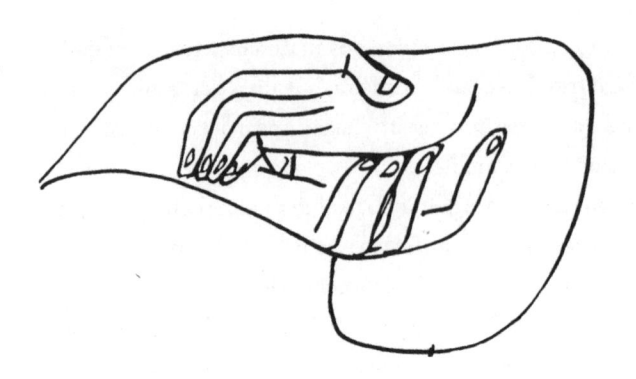

um dom

As formas arquitetônicas são como os seres humanos: podem ser belas ou feias, fortes ou fracas, violentas ou suaves, agressivas ou tranqüilizadoras. Na arquitetura de Le Corbusier sempre há força, tal como havia em sua mão. Às vezes há violência, raramente agressividade, quase sempre suavidade e ternura. A arquitetura é como os homens: só os fortes podem ser serenos e meigos.

"O maravilhoso numa casa não é ela nos abrigar e nos aquecer, nem o fato de possuirmos suas paredes, mas é ela haver depositado lentamente em nós um reservatório de doçura."[43]

Quem sabe dizer da reserva de ternura que podemos beber na Vila Sabóia?

A beleza da arquitetura é um dom generoso. Podemos tomá-la e nos apropriar dela, carregá-la conosco. Ela não diminui com isso. É inesgotável. Outra pessoa pode chegar depois de nós e acolhê-la, e também levá-la consigo.

É que a forma desenhada pela mão de Le Corbusier foi pensada por ele e nos chama. Se não fecharmos o pensamento, ela é que virá em nossa direção. E, quando achamos bonita a arquitetura corbusiana, não somos apenas nós que gostamos dela: é ela que parece gostar de nós.

Nungesser e Coli

O nome desses dois aviadores foi dado a uma rua de Paris. Le Corbusier e Pierre Jeanneret fizeram o projeto do prédio de apartamentos construído no número 24. Do sétimo andar e do telhado-jardim, Le Corbusier fez seu apartamento e seu ateliê de pintor. E tive a grande sorte de alugá-los da Fundação Le Corbusier para meu ateliê de arquitetura.

Nesse apartamento, muitos detalhes não tinham nada de funcional. Ao passar por uma das portas, a pessoa precisava abaixar-se para não bater com a cabeça. Os banheiros eram pequenos demais. O elevador não subia até o sétimo andar. Para chegar a ele, era preciso passar por uma pequena passarela, estreitíssima. E a escada exígua em caracol era quase inviável, quando se carregava o menor embrulho. Nas mudanças, era preciso utilizar um guindaste bastante perigoso, instalado acima do pátio.

Le Corbusier me contou como ficou aborrecido quando houve o primeiro falecimento num dos apartamentos. O caixão não passava pela escada. Foi preciso suspendê-lo e descê-lo pelo guindaste no pátio de serviço. A família ficou escandalizada. E Le Corbusier, consternado. Nem ele nem Pierre Jeanneret haviam pensado nisso!

Mas todos esses inconvenientes eram insignificantes, comparados às riquezas proporcionadas pela arquitetura. No grande ateliê de pintura, Le Corbusier havia deixado aparente a parede divisória do prédio vizinho. Era de pedrinhas de calcário. À direita via-se a chaminé de tijolos incorporada à parede. Era uma superfície vertical viva. O ateliê, a sala de estar e o quarto eram cobertos por abóbadas brancas. Os tetos rebaixados eram revestidos de madeira. As paredes eram brancas. As proporções eram próximas das humanas. As formas eram manuais. Dir-se-ia que tinham sido construídas pelas mãos de Le Corbusier. Trabalhávamos sob a suave pressão da arquitetura.

No quarto, a forma do chuveiro e o jogo plástico lembravam uma arquitetura popular, feita sem arquiteto. No entanto, as proporções tinham sido habilmente estudadas, embora reduzidas à simplicidade. Dormi várias noites ali. A gente se sentia como uma criança que gosta que alguém a cubra na hora de dormir.

Essa arquitetura interior era feita de silêncio. O silêncio não é a ausência total de sons, mas a calma absoluta obtida para o ouvido. Ali, o silêncio se deixava ver.

Minha mesa de desenho ficava na sala de estar, ao lado da mesa de mármore projetada por Le Corbusier para as refeições. Eu me sentava à minha mesa de desenho. Passava vários minutos imóvel. Deixava a abóbada branca descer lentamente a meu redor. Ela me ajudava a entrar em mim mesmo. Sustentava-me. Parecia evitar minha queda eventual. Ao mesmo tempo, estava presente e desaparecia aos poucos. Deixava-me livre. Punha-me no nível moderado de mistério que é necessário à imaginação. E então eu desenhava.

a mãe

Le Corbusier contou-me uma das lembranças mais ricas de sua vida em família: sua mãe ao piano e seu irmão ao violino, tocando Händel.

Sua mãe viveu até os cem anos. Um dia, foi visitar o canteiro de obras da Unidade Habitacional de Marselha. Tinha quase noventa anos. Chegou com Albert Jeanneret, irmão mais velho de Le Corbusier. Com nossa pequena equipe, os três percorreram a obra, onde ainda não havia elevador. A mãe subiu a escada sem corrimão, onde inclusive faltavam alguns degraus. Seus dois filhos tinham mais de sessenta anos. Ela falava com ambos como se fossem seus garotinhos.

À noite, eles dormiram no apartamento que servia de protótipo, a mãe no quarto de casal, os dois filhos nos dois quartinhos para crianças. Antes de dormir, reunimo-nos na sala de estar. A noite invadia as árvores. A conversa oscilava, hesitante. Eram todos tímidos. Le Corbusier calou-se. Gostei de contemplar seu rosto voltado para sua mãe.

Creio que Le Corbusier buscava na arquitetura, talvez sem saber, a satisfação mais ou menos obtida de uma profunda necessidade materna.

luz

Uma lembrança: Le Corbusier desenhava. De sua mão nasceu uma forma. Aos assistentes que o cercavam, ele mostrou que essa forma só era visível por sua face iluminada, sua própria sombra e a sombra que ela lançava. A arquitetura corbusiana sempre foi feita de jogos de sombra e luz, provocados pelas formas arquitetônicas.[44]

Ele viajou pelo Mediterrâneo. Gostou de lá, por causa da luz. Na Turquia, na Grécia, no Mzab, a forma da casa era um envoltório luminoso da vida interna. Vê-la era perceber o sol no cosmos. A casa era um vínculo entre a vida e o universo.

Quando punha as formas numa ordem rigorosa, quando as regulava pelo ângulo reto, pela horizontal e a vertical, quando conservava as proporções e criava ritmos no espaço, quando perturbava a ordem com uma oblíqua, uma curva, uma forma imprevista, uma cor, Le Corbusier jogava com as nuances de luz nas nuances de sombra. A luz era fulgurante, ou suavizada, acariciante, ou então desaparecia.

E, a cada manhã, sua arquitetura renascia nas sombras alongadas, na luz quente. Brilhava ao meio-dia, no contraste das sombras. Morria um pouco a cada entardecer, com a invasão da noite, para poder renascer na manhã seguinte, em meio à luz.

modulor

O jovem Le Corbusier, que desenhava conforme os livros consultados em bibliotecas e museus, que viajava com a mochila nas costas e cuja mão desenhava tudo o que ele via, percebeu, ao desenhar, a importância capital das proporções. Elas eram o fator primordial da beleza. Ele se apaixonou pelos traçados reguladores. Desenhava uma enorme quantidade deles, para buscar a correspondência entre os pontos, entre as linhas. Os pontos e as linhas que limitavam as formas não podiam ficar num lugar qualquer. O traçado regulador permitia um ajuste mais rigoroso. E a relação das dimensões não podia ser obra do acaso. Era preciso que fosse exata, era preciso que não pudesse ser diferente.

Falando de um homem que era ele mesmo, Le Corbusier contou:

"Um dia, sob a lamparina a querosene do quartinho em Paris, havia cartões-postais ilustrados espalhados sobre a mesa. O olho dele fixou-se na imagem do Capitólio de Michelangelo, em Roma. Sua mão virou um outro cartão, com a face branca para cima, e, intuitivamente, passou um dos ângulos (um ângulo reto) sobre a fachada do Capitólio. Subitamente, evidenciou-se uma verdade admissível: o ângulo reto dirigia a composição. Isso foi uma revelação para ele, uma certeza. A mesma experiência teve sucesso com um quadro de Cézanne. Mas nosso homem desconfiou de seu veredicto e disse a si mesmo: a composição das obras de arte é ordenada por regras; essas regras podem ser métodos incisivos ou sutis, conscientes; também podem ser decalques aplicados de maneira banal. Podem ainda estar implícitas no instinto criador do artista, como manifestação de uma harmonia intuitiva: é quase certo que seja esse o caso de Cézanne, mas Michelangelo era de outra natureza, inclinado aos traçados voluntários e preconcebidos, eruditos..."[45]

Le Corbusier estudou os livros de Matilda Ghyka e se apaixonou pelo número áureo.

Posteriormente, teve a idéia de uma grade para o canteiro de obras, que seria instalada no terreno, ao lado das construções.

"Sonho instalar, nos canteiros de obras que depois viriam a cobrir o país, uma 'grade de proporções' desenhada na parede, ou então apoiada na parede, feita de ferro laminado soldado, e que sirva de regra no canteiro de obras, que seja o padrão que abre a série ilimitada das combinações e proporções; o pedreiro, o carpinteiro, o marceneiro, todos irão até ela a todo momento, para escolher as medidas de suas obras, e todas essas obras diversas e diferenciadas serão testemunhos de harmonia. É esse o meu sonho."

"Peguem um homem de braços levantados, com 2,20m de altura; instalem-no em dois quadrados superpostos de 1,10m; deslizem sobre os dois quadrados um terceiro, que deve fornecer-lhes uma solução. O lugar do ângulo reto deverá poder ajudá-los a situar esse terceiro quadrado. Com essa grade de obra, ajustada sobre o homem instalado no interior, estou convencido de que vocês chegarão a uma série de medidas compatíveis com a estatura humana (de braços levantados) e com a matemática..."[46]

Aí reaparece, estranhamente, a influência da mão, do trabalho manual, da casa popular. Le Corbusier – que imaginava e desejava uma vasta industrialização da construção civil, que nos fazia preparar projetos muito precisos, numerosos e detalhados, onde praticamente tudo estava previsto –, pedir opinião ao pedreiro, ao marceneiro? Certo, ele gostava de conversar com esses homens e de aprender com eles. Mas ficaria furioso se um operário ou um engenheiro decidisse sobre uma forma plástica.

Tudo tinha de ser desenhado por ele, Le Corbusier, ou controlado por ele. Paradoxo? Talvez.

Contradição? Talvez não. Os protótipos que servissem de base para uma construção industrializada, antes de ser lançados em série, deveriam ser ajustados conforme todas as possibilidades fornecidas pelas ciências e técnicas, mas, ao mesmo tempo, conforme todas as riquezas proporcionadas pelo trabalho manual, pelo toque das formas, pelo gesto dos dedos, da palma da mão e dos braços. A mão continuava sempre presente e ativa.

Assim, Le Corbusier reuniu uma pequena equipe, encarregada de auxiliá-lo no estudo dessa grade. Tive a sorte de fazer parte dela, ao lado de [Roger] Aujame, [Gerald] Hanning, H. de Looze, [Jerzy] Soltan. Ele consultou a srta. Maillart, conservadora do Museu de Cluny, em Paris, e grande especialista em traçados reguladores.

Le Corbusier, a srta. Maillart e Hanning atrapalharam-se cada vez mais com a expressão "o lugar do ângulo reto". A srta. Maillart e Hanning desenhavam com precisão inadequada, que levava a erros de interpretação. Alguns de nós dissemos isso a Le Corbusier. Mas ele não teve confiança suficiente. Consultou matemáticos: Andréas Speiser, professor da Universidade de Zurique, e o decano Montel, professor da Faculdade de Ciências de Paris, que lhe disse: "A partir do instante em que você tiver conseguido instalar o ângulo reto no quadrado duplo, introduzirá a função $\sqrt{5}$, com isso provocando uma expansão de números áureos".

Embora o ângulo reto se encaixasse mal no quadrado duplo, o estudo tomou o rumo do número áureo. E desembocou, muito longe da grade do canteiro de obras e para grande espanto de Le Corbusier, nas duas séries de Fibonacci que formam a escala dupla do Modulor.

As duas séries foram calculadas, de início, tomando como ponto de partida um homem de 1,78m de altura (2,20m com os braços levantados). Um dia, chegou um dos colaboradores de Le Corbusier, triunfante: havia calculado que, partindo de um homem de 1,83m, encontravam-se muitas correspondências entre o Modulor e as medidas inglesas: pés e polegadas. Le Corbusier ficou encantado. Sonhou que o Modulor pudesse conciliar as medidas inglesas com o sistema métrico [decimal] e se tornar o instrumento universal de medida.

Muito a contragosto, desencadeei uma grande polêmica. Observei que, embora o Modulor fosse um instrumento maravilhoso para calcular proporções e regular a escolha das dimensões, ele não era um instrumento de medida, uma vez que o próprio Le Corbusier continuava a empregar o metro e o centímetro para definir as grandezas determinadas pelo Modulor. Le Corbusier não gostou e fui tratado com rispidez. Ele continuou a chamar o Modulor de instrumento de medida.

Não tinha problema. O Modulor era um instrumento de enorme riqueza, que ajudava a tornar exatas as proporções, assim como um afinador de piano torna exatas as relações entre sons. Como disse Einstein muito bem, quando Le Corbusier se encontrou com ele em Princeton, "É um instrumento que facilita o acerto e dificulta o erro".

E, simultaneamente com base em propriedades matemáticas e no corpo humano, o Modulor mantinha a arquitetura "em escala humana", como envoltório do homem em seus movimentos e seus atos, afirmação espacial dos planos horizontais de seus pés, de suas mãos e de seu olhar.

música

O jogo sucessivo das formas no espaço, de suas proporções e suas dimensões criava ritmos, tal como faz a música na duração. E a arquitetura é música espacial.

"O plano é o domínio do homem sobre o espaço. Percorremos o plano a pé, com os olhos voltados para a frente; a percepção é sucessiva, implica o tempo. É uma seqüência de acontecimentos visuais, assim como a sinfonia é uma seqüência de eventos sonoros; o tempo, a duração, a sucessão e a continuidade são os fatores constitutivos da arquitetura, aquilo que anula e condena os planos radiais e, por conseguinte, denuncia séculos de decadência e degeneração. O plano e o corte fazem da arquitetura a irmã da música."[47]

As fachadas das Unidades Habitacionais são um belo exemplo de ritmo visual. Um ritmo duplo, ao mesmo tempo vertical e horizontal. A largura de 3,66m dos apartamentos forma vãos que são todos iguais e que proporcionam, horizontalmente, um ritmo de base. Essa cadência é perpendicularmente cruzada por um ritmo vertical mais complexo, provocado pelo jogo das varandas de altura simples ou dupla, por sua vez recortado pela cadência das faixas horizontais das balaustradas. A fachada é uma música vertical.

O prédio da Secretaria, em Chandigarh, é outro exemplo desse jogo rítmico.

Uma recordação: seguindo os croquis de Le Corbusier, desenhei a fábrica da malharia Claude et Duval, que ele construiu em Saint-Dié. As colunas da estrutura ficam no interior da parte envidraçada. A distância entre elas forma uma cadência num plano vertical. As vidraças constituem um outro plano, em cuja parte externa ficam os brises, formados por placas verticais. Três planos verticais escandidos por linhas verticais. Ingenuamente, esforcei-me por encontrar uma medida comum entre o intercolúnio das pilastras, a distância entre os alizares das vidraças e o afastamento dos brises verticais. Não consegui. Le Corbusier aproximou-se de minha prancheta e me mostrou que não convinha buscar essa medida comum, e sim dar a cada uma dessas distâncias o tamanho correto. Tanto melhor se "não ficar exato". As verticais não ficariam umas em frente às outras. Haveria uma defasagem. Haveria um "contraponto" visual.

"A música é tempo e espaço, tal como a arquitetura."[48]

A cor também é um fator musical, de melodia introduzida no ritmo, ou de acompanhamento que sustenta a melodia. Quando estávamos estudando a Unidade de Marselha, um dia sugeri a Le Corbusier que pintássemos o interior das sacadas. Fiquei contente, porque ele considerou isso uma boa idéia. Trabalhou com minúcia nessa policromia. Reuniu sua equipe e lhe explicou a dificuldade: não convinha que as cores, ligando-se visualmente umas às outras, traçassem linhas e desenhos nas fachadas. Se as colocássemos ao acaso, seria isso que aconteceria, como acontece com as estrelas que desenham constelações. Era preciso que as cores parecessem ser usadas ao acaso, e nada era mais difícil do que isso. Ele também explicou que as cores deveriam ficar apenas no interior das varandas, para não "quebrar" o plano vertical externo. Mas, no final, decepcionei-me com as cores que ele empregou.

Tal como na música, os silêncios fazem parte do ritmo arquitetônico. Assumem nele uma grande importância. E não apenas os vazios e a forma dos vazios, mas também as superfícies nuas, as paredes cheias, as interrupções de ritmos, os grandes espaços livres.

"A música não é o contrário do silêncio, mas seu complemento. Quando o índio faz música, ele se esconde, porque a música, ele sabe, o expõe ainda mais perigosamente do que a linguagem."[49]

Os músicos contemporâneos falam em "volumes sonoros". Os arquitetos poderiam falar de "durações visíveis".

Na música, o ritmo parece uma imobilidade posta em movimento. Na arquitetura, ele parece um movimento imobilizado.

poesia

Nesse estranho diálogo entre a mão e o pensamento de Le Corbusier e com todo o seu ser vivo, a beleza não era suficiente para a mão que desenhava e para a cabeça pensante.

Ordenada, proporcional, ritmada e estruturada, a arquitetura pode ser bonita, mas fria, estática, inerte. A mão de Le Corbusier, guiada por sua mente, ia mais longe. Perturbava a beleza. E então a lançava na poesia.

Por mais que ela fosse pensada de antemão, estruturada, vista por ele antes de ser construída, a arquitetura de Le Corbusier era algo em que ele gostava de acidentes. Às vezes, gostava dos erros de execução. Em muitas ocasiões, supliquei-lhe que não dissesse isso aos empreiteiros. Ele gostava do acidental, do imprevisto que introduzia uma parcela de acaso na ordem das formas, e que perturbava essa organização.

Em Marselha, o revestimento que cobria a impermeabilização da abóbada do ginásio, em cima do telhado-terraço, começou a rachar. E, como eu tinha instrução de impedir que se corrigisse qualquer erro de execução antes que o próprio Le Corbusier o visse, disse ao construtor para esperar e pedi a Le Corbusier que fosse até lá. Eu não era pretensioso. Le Corbusier chegou. Ficou encantado. Mostrou-me a beleza do grafismo desenhado na abóbada pelas linhas das rachaduras. Mandou-me pegar um pincel e tinta vermelha e pintar uma linha vermelha, seguindo exatamente as fissuras. Não era brincadeira. As linhas vermelhas foram desenhadas e ficaram por algum tempo no ginásio. Infelizmente, mesmo assim foi preciso refazer o revestimento!

Depois de introduzir a ordem, a mão desenhista de Le Corbusier perturbava essa ordem, para ir além da beleza e chegar à poesia. A poesia de uma linha oblíqua colocada com exatidão num conjunto de formas ortogonais. O contraste de uma curva com um cubo. A poesia de uma curvatura a um tempo rigorosa e suave, e suave por ser rigorosa. A exceção inserida nas proporções. "... fazer surgir numa obra construída (arquitetura) presenças provocadoras de emoção, fatores essenciais do fenômeno poético."[50]

Animar a arquitetura, torná-la viável, dar-lhe vida: esse era o verdadeiro objetivo de Le Corbusier.

No "Poema do ângulo reto", ele escreveu: "fazer arquitetura é fazer uma criatura".[51]

devir

A vida inteira de Le Corbusier foi um *continuum*. Desde a Vila La Roche, de 1923, até a capela de Ronchamp ou seu projeto para uma igreja em Firminy, desde a Vila Sabóia até o Capitólio de Chandigarh, houve continuidade. Na aparência, houve mais suavidade, menos rigidez em Ronchamp do que na Vila Sabóia. Mas, quando nos abrimos para a arquitetura, quanto rigor há em Ronchamp e na igreja de Firminy! E, na Vila Sabóia, que reserva de ternura! Que suavidade na curvatura dupla do projeto do Palácio do Congresso, em Estrasburgo!

Toda a sua vida foi um *continuum*. Folheemos seus 74 caderninhos de anotações: quanta continuidade e quanta unidade! Dele se poderia dizer: "ele não é, ele se torna".

Os homens se dividem entre duas tendências. A grande maioria permanece fixada no ontem. Produz apenas imitações e uma degradação daquilo que imita. A outra, minoritária, fica tensa sob o esforço de compreender o hoje para preparar o amanhã e revelá-lo.

"Mais vale reverdecer do que ser sempre verde."[52]

Le Corbusier colocava-se de frente para o tempo vindouro.

"Os batedores colocam-se de frente para o tempo que virá. Normalmente, olhamos para o tempo quando ele se afasta de nós. Só os batedores podem modificar isso, fixar o tempo quando este avança em direção a eles."[53]

Até seu último instante, a vida de Le Corbusier foi um devir.

continuum

Também seu trabalho, aquele estranho vaivém entre seu pensamento e sua mão, era um processo contínuo. Um crescendo. Primeiro, receber. Encher-se de tudo o que era visto. Deixar-se penetrar pelo terreno em que construir, pelo programa a ser respeitado. Imaginar o futuro usuário e se colocar no lugar dele, esquecer-se de si mesmo e se transformar nele. Deixar amadurecer. Refrear as formas que quisessem surgir depressa demais na imaginação.

Esse próprio processo criador atravessava diversas fases, de maneira contínua. Primeiro, utilizar ao máximo todas as possibilidades da inteligência e da razão. Ele queria uma arquitetura tão inteligente quanto um raciocínio matemático rigoroso. Chamou de "cartesiano" o arranha-céu que propôs para o centro comercial de seu projeto para Paris, em 1937. No entanto, ele queria ultrapassar o racional. À medida que a forma arquitetônica ia se ordenando e se organizando, intervinha cada vez mais uma preocupação plástica e estética. E a organização era levada adiante até atingir a beleza. Não era uma organização diferente da forma, que pudesse ser estética e que substituísse a organização racional. Era um processo organizador contínuo. Era uma evolução progressiva do pensamento, que passava de um estado racional para um estado estético.

estado estético, estado poético

Levei anos tentando compreender o que se produzia na cabeça e nas mãos de Le Corbusier.

Dizem, às vezes, que o artista é inconsciente. Não acredito. No instante criador, ele fica num estado de "superconsciência". É um estado do pensamento que contém todo o potencial de racionalidade, mas vai além dele. É um estado "supra-racional". É o estado em que já não se procura, porém se encontra. É o estado do pensamento dos grandes pensadores, dos grandes poetas, dos grandes cientistas, dos grandes criadores. É o estado do pensamento de Einstein, que via antes de verificar pelo cálculo. É aquilo a que se dá o nome de intuição, por não se saber o que é. Brancusi parece ter dito: "O difícil não é fazer, é colocar-se em condições de fazer".[54]

E o *continuum* pode ir ainda mais longe. Se o criador tem essa energia, o estado estético, sustentado por um imenso desejo, transforma-se no estado poético do pensamento.

"Pois bem, de repente, trata-se do sopro de vida no interior das coisas."[55]

Criar o vazio para poder encher-se. Relaxar para deixar surgir a energia criadora, a pulsão de vida. É uma espécie de transe: não se trata de rolar no chão, aos gritos. É um estar concentrado, mas receptivo, um estar calmo, porém intenso.

"... Eu me coloco em transe. Ninguém o percebe. Mas é isso."[56]

O estado estético e poético é um transmudar-se na forma criada. É não mais existir senão nela. É o ato de amar, pois só se existe verdadeiramente na coisa amada.

espaço indizível

Para Le Corbusier, tratava-se então de atingir e criar o "espaço indizível".

"Sou o inventor da expressão 'espaço indizível', que é uma realidade que fui descobrindo ao longo do caminho. Quando uma obra está em seu máximo de intensidade, de proporção, de qualidade de execução, de perfeição, produz-se um fenômeno de espaço indizível: os lugares começam a se irradiar, irradiam-se fisicamente. Eles determinam o que chamo espaço indizível, ou seja, um espaço que não depende das dimensões, mas da qualidade da perfeição: é do âmbito do inefável."[57]

"Desconheço o milagre da fé, mas vejo com freqüência o do espaço indizível, que é o coroamento da emoção plástica."[58]

E, assim, Le Corbusier descobria a alegria e a comunicava.

Quem saberá dizer, um dia, da beleza dessa vida, de sua dureza, suas angústias, suas decepções, sua amargura, suas tristezas, sua alegria triunfal, sua necessidade de amar e ser amado, sua necessidade de ternura, seu trabalho imenso, e desse voltar-se sobre si mesmo que jorrava em generosidade?

Talvez seja preciso conhecer as decepções, a angústia e a tristeza resultantes disso para, com a energia do eu, ultrapassá-las e, como Mozart, como Le Corbusier, para além da tristeza, encontrar e ofertar alegria.

151

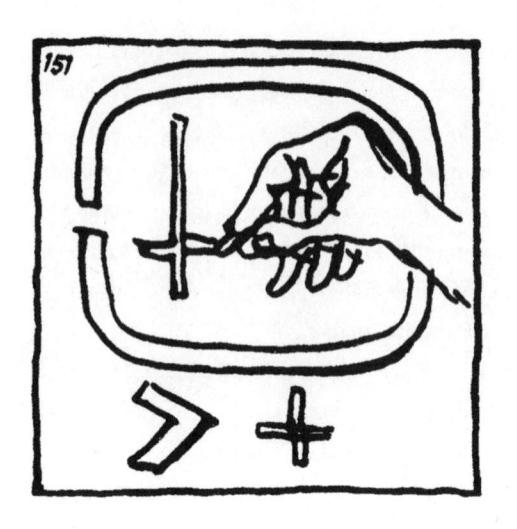

ângulo reto

Toda a arquitetura de Le Corbusier é baseada no ângulo reto. No espaço que considerava isotrópico, ele instalava um espaço ortogonal. Todos os seus projetos foram pensados nessa ortogonalidade. Ela tomava por eixo o norte e o sul, quando isso era possível, para se instalar no curso aparente do sol ou na direção mais forte do terreno. A Vila La Roche, a Vila Sabóia, o Pavilhão suíço, o projeto de 1937 para Paris, o projeto de Saint Dié, as Unidades Habitacionais, o Museu de Arte Ocidental, em Tóquio, o Convento de la Tourette, todo o conjunto do Capitólio de Chandigarh, a obra inteira de Le Corbusier é um jogo complexo de linhas, planos e volumes, reduzidos à simplicidade e à unidade de uma ortogonalidade espacial. O espaço que integra todas as formas é o ângulo reto e a proliferação do ângulo reto. As curvas, as oblíquas, as formas flexíveis, todas se inscrevem nesse quadro que parece contê-las dentro do rigor. Até o projeto "obus", para Argel, apoiou-se no ângulo reto, centrado no arranha-céu comercial, ao qual Le Corbusier ligou rigorosamente a exatidão das curvas integradas na paisagem.

Os volumes reduzidos às superfícies, as superfícies reduzidas a linhas, todas as linhas reduzidas a duas: a vertical e a horizontal. E as duas linhas reduzidas à unidade: o ângulo reto.

Até a capela de Ronchamp, que parece compor-se apenas de jogos de curvaturas, baseou-se no ângulo reto. E esse ângulo reto está inscrito no piso em linhas pretas, no eixo longitudinal da nave e no eixo transversal que liga as capelas do noroeste e do sudoeste. Ali, porém, esse ângulo reto é deformado. A mão de Le Corbusier pesou sobre o eixo transversal. Ele já não é perpendicular. É tensionado, esticado como um arco. O ângulo reto exato pode ser estático, enquanto o ângulo reto deformado é carregado de força. Um arco distendido é inerte, um arco esticado é carregado de energia potencial. E, alguns anos depois, o ângulo reto reencontraria sua calma na grande serenidade da igreja de la Tourette.

Até a forma da mão: para desenhar *A mão aberta*, ele a estendeu num ângulo reto.

Para Le Corbusier, o ângulo reto não era somente arquitetura. Era o fundamento do pensamento humano. Ele gostava de Mondrian e creio que foi influenciado por este, como Rietveld também foi. Le Corbusier dizia que Mondrian era um "arquiteto não encarnado".[59]

O ângulo reto é a inteligência humana que reduz o espaço à linha vertical ditada pelo peso, ao plano horizontal em torno do qual se equilibra nosso olhar, e no qual ele se instala quando busca o infinito. É o eixo de todas as coisas, a referência sem a qual não conseguimos situar nada, principalmente a nós mesmos. É a ordem a que nosso pensamento reduz todas as formas da natureza, imprevistas, aleatórias, às vezes caóticas; é o princípio geométrico em relação ao qual olhamos o mundo e pensamos.

E o ângulo reto não é apenas essa abstração. Ele é o próprio homem na natureza.

"O universo de nossos olhos repousa num planalto
orlado pelo horizonte.
Com o rosto voltado para o céu, consideramos o espaço
inconcebível, até então não apreendido.
Repousar, deitar, dormir, morrer.
Com as costas no chão...

Mas eu fiquei de pé!
Já que és ereto,
eis-te próprio para os atos.
Ereto sobre o platô terrestre
das coisas apreensíveis,
firmas com a natureza um
pacto de solidariedade: é o ângulo reto.
De pé frente ao mar, vertical,
aí estás sobre tuas pernas."[60]
O ângulo reto é o homem, e é um grande sinal cósmico.
"O limite horizontal da continência líquida."[61]
O ângulo reto é o sinal da vida.

Quando perdi meu pai, Le Corbusier escreveu-me uma carta, em 19 de maio de 1960, na qual disse:

"A morte é a porta de saída de todos nós. Não sei por que querem torná-la atroz. Ela é a horizontal da vertical: complementar e natural."

Era preciso que também ele atingisse a extremidade e traçasse no espaço o derradeiro ângulo reto. Em 27 de agosto de 1965, às margens do Mediterrâneo, Le Corbusier postou-se de pé. De pé desceu até a areia. Talvez ainda tenha apanhado um seixo, para perceber com a mão, entre os dedos, contra a palma, a forma polida pelos anos. De pé, na vertical, entrou no mar. Depois, deitou-se no mar, na horizontal, para a morte.

SOBRE O AUTOR

André Wogenscky (1916–2004) trabalhou durante vinte anos no célebre ateliê da rua de Sèvres. Como principal colaborador de Le Corbusier, dirigiu o projeto e a construção de numerosos prédios que marcaram época, em especial as diferentes unidades habitacionais (Marselha, Nantes, Berlim, Briey-en-Forêt e Firminy). Depois de deixar o ateliê da rua de Sèvres, abriu sua própria agência, continuando a manter relações de amizade com Le Corbusier até a morte deste, em 1965. Em 1973, instalou seus escritórios no que tinha sido o apartamento de Le Corbusier, na rua Nungesser-et-Coli, no 16º distrito municipal de Paris, até se aposentar, em 1991.

Wogenscky foi autor de numerosos projetos, dentre eles o de sua casa em Saint-Rémy-lès-Chevreuse (1950-1952), da Faculdade de Medicina do Hospital Necker, em Paris (1963-1965), da Casa da Cultura, em Grenoble (1965-1967), da Prefeitura e do Palácio da Justiça de Hauts-de-Seine, em Nanterre (1965-1972), do plano de urbanização da Universidade de Beirute, no Líbano (1967-1976), e da Universidade de Arte e Desenho de Takarazuka, no Japão (1981-1987). A partir do vocabulário elaborado no pós-guerra no ateliê da rua de Sèvres, ele desenvolveu, nas décadas de 1970 e 1980, uma abordagem humanista do que chamou de "arquitetura ativa".

Membro da Ascoral (Assembléia de Construtores para uma Renovação Arquitetônica), da UAM (União dos Artistas Modernos), do Atbat (Ateliê dos Construtores) e dos CIAM (Congressos Internacionais de Arquitetura Moderna), Wogenscky foi uma testemunha privilegiada da arquitetura do pós-guerra. Como diretor da Fundação Le Corbusier (1971–1982), contribuiu para a difusão da herança corbusiana. Publicou *Mãos de Le Corbusier* em 1987, por ocasião do centenário de nascimento de Le Corbusier.

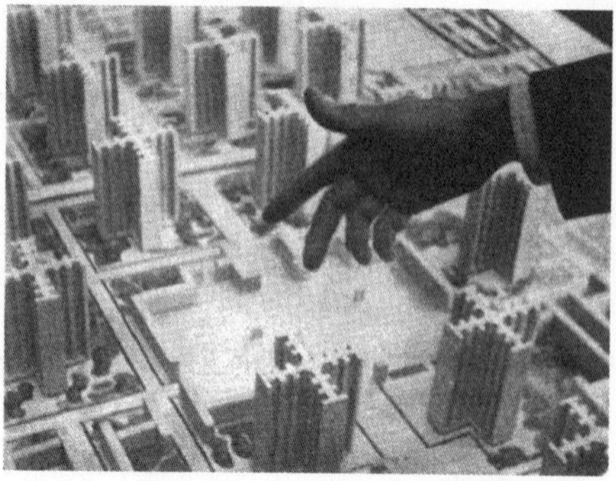

REFERÊNCIAS BIBLIOGRÁFICAS

MISINO, Paola e TRASI, Nicoletta. *André Wogenscky. Raisons profondes de la forme*. Paris, Éditions du Moniteur, 2000.
PÉLY-AUDAN, A. *André Wogenscky*. Paris, Cercle d'Art, 1993.
WOGENSCKY, André. *Architecture active*. Paris, Casterman, 1972.

NOTAS E CITAÇÕES

1. Le Corbusier, *Poème de l'angle droit* (Paris, Teriade, 1955).
2. Ibidem.
3. Carta de Le Corbusier a Charles L'Éplatenier, 25 nov. 1908.
4. Ibidem.
5. Ibidem.
6. Carta de Le Corbusier a sua equipe da rua de Sèvres, n. 35, escrita em Simlà, 6 nov. 1951.
7. Citado numa exposição sobre "a cidade", estação Étoile do metrô, Paris, no dia da inauguração (20 fev. 1970).
8. Le Corbusier, catálogo da exposição "Le Corbusier" (Paris, Museu Nacional de Arte Moderna, 1953).
9. C. Castaneda, *Le don de l'aigle* (Paris, Gallimard, 1982) [*O presente da águia*, trad. Vera M. Whately, Rio de Janeiro, Record, 1982].
10. Le Corbusier, catálogo da exposição "Tapisseries de Le Corbusier" (Museu de Arte e História de Genebra, Museu de Artes Decorativas de Paris, 1975).
11. Le Corbusier, *Poème de l'angle droit*, op. cit.
12. Le Corbusier, *Vers une architecture* (Paris, G. Crès, 1924).
13. Citação do padre Couturier feita de memória.
14. Montaigne, seguindo Plutarco, *Essais*, livro I, capítulo XXVI.
15. Le Corbusier, *Poème de l'angle droit*, op. cit.
16. Rainer Maria Rilke, *Sonnets à Orphée*, II. v [*Sonetos a Orfeu; Elegias de Duíno*, trad. e introd. de Emmanuel Carneiro Leão, ed. bilíngüe, Petrópolis, Vozes, 3. ed., 2000].
17. Le Corbusier, *Poème de l'angle droit*, op. cit.
18. Montaigne, *Essais, Apologie de Raimond Sebond*, livro II, capítulo XII [*Os ensaios*, livro II, trad. Rosemary Costhek Abílio, São Paulo, Martins Fontes, 2000].
19. Rainer Maria Rilke, *VII Élégie de Duino* [VII Elegia de Duíno, em *Sonetos a Orfeu*, op. cit.].

20. Carta de Le Corbusier a Charles L'Éplattenier, 25 nov. 1908.
21. Ditado africano ouvido no rádio.
22. Le Corbusier, catálogo da exposição "Le Corbusier", op. cit.
23. Le Corbusier, catálogo da exposição "Tapisseries de Le Corbusier", op. cit.
24. Entrevista gravada, citada no filme de Jacques Barsac, *Le Corbusier*, Production Ciné Service Technique, 1987.
25. Le Corbusier, catálogo da exposição "Le Corbusier", op. cit.
26. Le Corbusier, *Textes et dessins pour Ronchamp* (Genebra, Forces Vives, 1965).
27. Le Corbusier, citado por Jean Petit, *Le Corbusier lui-même* (Genebra, Forces Vives, 1965).
28. Montaigne, *Essais*, livro II, capítulo I [*Os ensaios*, op. cit.].
29. Le Corbusier, *Poème de l'angle droit*, op. cit.
30. Ibidem.
31. Sobre os princípios da Unidade Habitacional da "Ville Radieuse", cf. o prefácio de A. Wogenscky no volume I, dedicado à Unidade Habitacional de Marselha, na publicação dos projetos de Le Corbusier pela Garland Publishing Inc. (Nova York), e pela Fondation Le Corbusier (Paris, 1983).
32. Carta de Le Corbusier de 10 jun. 1931, publicada em A. Sartoris, *Gli elementi dell'architectura funzionale* (Milão, 1931), cit. por Danièle Pauly, *Ronchamp – Lecture d'une architecture* (Paris, Ophrys, 1980).
33. Frank Lloyd Wright, em conferência proferida em Princeton em 1930. Citado por Michel Ragon em *Histoire mondiale de l'architecture et de l'urbanisme moderne*, vol. II (Tournai, Casterman, 1972).
34. Esse parágrafo foi extraído do prefácio de A. Wogenscky para o livro de Russel Walden, *The open hand* (Cambridge, Massachusetts, MIT Press, 1977).
35. Le Corbusier, *Quand les cathédrales étaient blanches* (Paris, Plon, 1937); escrito em 1934.

36. Ibidem.
37. Extraído do prefácio de A. Wogenscky para o livro de Russel Walden, *The open hand*, op. cit.
38. Le Corbusier, *Quand les cathédrales étaient blanches*, op. cit.
39. Le Corbusier, catálogo da exposição "Le Corbusier", op.cit.
40. Le Corbusier, "Les tendances de l'architecture rationaliste en relation avec la peinture et la sculpture" ["As tendências da arquitetura racionalista em relação à pintura e à escultura"], conferência proferida em Roma, 1936, publicada em *L'Architecture Vivante*, 7ª série, Paris, 1936; cit. por D. Pauly, *Ronchamp*, op. cit.
41. Lao Tsé, citação lida numa revista de arquitetura.
42. Le Corbusier, *Poème de l'angle droit*, op. cit.
43. Saint-Exupéry, citado num artigo de Robert Auzelle, "Propos d'un architecte", publicado nos *Cahiers de l'Académie d'Architecture*, n. 1, 1981.
44. Esse texto sobre a luz, ligeiramente modificado, foi publicado no catálogo da exposição "Le Corbusier et la Méditerranée", Marselha, jun.-set. 1987 (Éditions Parenthèses, Museu de Marselha).
45. Le Corbusier, *Le Modulor* (Paris, Éditions de l'Architecture d'Aujourd'hui, 1950).
46. Ibidem.
47. Le Corbusier, *L'Architecture d'Aujourd'hui,* edição especial sobre Le Corbusier, abr. 1948; cit. por D. Pauly, *Ronchamp*, op. cit.
48. Le Corbusier, *Le Modulor*, op. cit.
49. J.-M. G. Le Clezio, *Haï* (Genebra, Skira, 1971).
50. Le Corbusier, "Conférence à Venise" ["Conferência em Veneza"], 1952, cit. por D. Pauly, *Ronchamp*, op. cit.
51. Le Corbusier, *Poème de l'angle droit*, op. cit.
52. Madame de Sévigné, carta a Madame de Grignan, 7 jun. 1675.

53. Castaneda, *Le don de l'aigle*, op. cit.
54. Cit. por Dan Haulica durante o simpósio "L'art dans la cité" ["A arte na cidade"] (Praga, maio 1987).
55. Le Corbusier, em anotação manuscrita de 28 de agosto de 1955: "A presença do chamado 'abstrato'".
56. Ibidem.
57. Le Corbusier, conversa gravada no Convento de la Tourette, publicada em *L'Architecture d'Aujourd'hui*, jun./jul. 1961.
58. Le Corbusier, "L'espace indicible", citado em *Le Modulor*, op. cit.
59. Artigo de André Kuenzi na *Gazette de Lausanne*, 4-5 set. 1965.
60. Le Corbusier, *Poème de l'angle droit*, op. cit.
61. Ibidem.

CRÉDITOS DAS IMAGENS

Fotos

P. 10: As mãos de Le Corbusier, fotografadas no ateliê da rua de Sèvres, 35, Paris, em 1959. © René Burri/Magnum Photos e Fundação Le Corbusier/ADAGP, Paris.

P. 100: As mãos de Le Corbusier indicam o Plano Voisin para Paris, 1925. Fotógrafo desconhecido. © 2006 ADAGP, Paris/ Fundação Le Corbusier.

Desenhos

P. 18: Le Corbusier, *Poème de l'angle droit* (p. 124), 1955. © 2007, Licenciado por AUTVIS, Brasil.

P. 24: Le Corbusier, "La mer est redescendue", texto e desenho extraídos de *Poème de l'angle droit* (p. 116), 1955. © 2007, Licenciado por AUTVIS, Brasil.

P. 30: Le Corbusier, "A mão aberta", detalhe de "Iconostase", *Poème de l'angle droit*, 1955. © 2007, Licenciado por AUTVIS, Brasil.

P. 38: Le Corbusier, "Pato", *Poème de l'angle droit* (p. 27), 1955. © 2007, Licenciado por AUTVIS, Brasil.

P. 48: Le Corbusier, *Poème de l'angle droit* (p. 91), 1955. © 2007, Licenciado por AUTVIS, Brasil.

P. 68: Le Corbusier, *Poème de l'angle droit* (p. 129), 1955. © 2007, Licenciado por AUTVIS, Brasil.

1ª edição Agosto de 2007 **Diagramação** Thais Miyabe Ueda
Fonte Chaparral/Trade Gothic **Papel** Pólen Soft
Impressão e acabamento Gráfica Vida e Consciência